녹색 커튼으로

강희영
장편소설

문학동네

차례

1장
과거

초록과 빨강이 제가끔 완전하게 빛어지는 것을 볼 때,
우리는 그 순간이 지상의 처음이자
천상의 마지막이라는 생각으로부터 벗어날 수 없다.

요한 볼프강 폰 괴테, 『색채론』

살랑.

이파리 하나가 허공을 맴돈다. 바닥에 내려앉을 듯하다가 다시 위로 위로 쉼없이 돌고 돌고 그러다 내 이마 위로. 내 인생은 쉽게 부정당했다. 나는 나무 아래 누워 우듬지를 바라본다. 뺨에 맺힌 빛의 얼룩이 산란하는 녹음에 시달린다. 배 위에 놓인 스케치북을 한 장씩 넘긴다. 보지 않아도 다 보인다. 한 장 한 장. 마지막 페이지를 넘기며 나는 어쩔 수 없다고 생각한다. 눈을 감는다. 눈꺼풀 속으로 퍼지는 검푸른 형광. 받아들인다. 네 뜻을. 별수 있나. 이제 나는 정말 다 이해한다. 너의 바람을.

너는 그 상하常夏의 나라에서, 귀향한 듯 편안하게 지내고 있는 걸까. 그러길 바란다. 나는 언젠가 네가, 내가, 우리가 이럴 줄 알았던 것 같다. 그러니까 네가 이 스케치북을 내게 보내올 것이라고, 그래서 네가 원하는 대로, 네가 원하는 바를, 내가 이뤄줄 것이라고 말이다. 그러고 보면 넌 늘 그랬지. 뭘 하려고 할 때마다, 하고 싶을 때마다 날 불렀지. 그럴 때마다 매번 그랬듯이 나는 지금 우리가 처음 만난 날을 떠올린다. 네가 새로워지던 날, 처음 그런 것처럼 그러던 날.

나는 보았지. 포도알만한 파스텔톤 물방울무늬가 흰 티셔츠에 고르게 퍼져 있고, 그걸 입은 네가 아스팔트 위를 맨발로, 뒤꿈치를 든 채 뛰어다니는 걸. 샌들 끈이 끊어졌다며 웃던 너. 누군가 말했지. "골목 끝에 바리케이드를 세워놓을게. 볕이 좋으니까 더 빨리 뛰어도 돼." 그날 선보인 우드 우드의 2010 봄/여름 컬렉션은 분명 너를 위한 것이었지만, 나를 위한 것이기도 했지. 너를 메인 모델로 세운 것이 그랬고, '투어리스트'라는 쇼의 주제가 그랬어. 그래, 그때 나는 여행자였지. 아니 그뒤로도 오랫동안. 그런 난 바리케이드 안쪽으로 들어갈 자격이 없었어. 건너편에선 나처럼 바리케이드 바깥에 있는 두 여자가 담배 하나를 나눠 피우고 있었고, 난 그들을 한참 바라보다가 눈이 마주치는 바람에 고갤 돌렸지. 그리고 다른 눈을 보았어. 유리문 안쪽에 있던 한 여자가 내게 안으로 들어오라고 손짓했지. 나는 순순히 그 유리문을 밀고 들어갔어.

"어디서 왔어요?"

"한국이요."

"나도 그래요."

그렇지만 어쩐지 바로 한국말을 꺼낼 수 없었지. 우리는 재차 눈을 맞췄어.

"난 입양됐어요. 세 살 때. 홀트아동복지회라고 들어봤어요?"

"아, 네."

"여기 코펜하겐에 꽤 많아요, 나 같은 사람. 종종 몇몇이서 같이 만나기도 하고. 내년엔 한국에 갈 거예요. 여동생이랑 같이. 여행을 하기로 했어요. 당장 가고 싶은데 지금은 보다시피 이래서."

그녀가 부른 배를 쓰다듬었어.

"오늘 쇼를 보러 왔나봐요?"

"네, 표가 있는 건 아닌데 매장 앞에서 한다길래 볼 수 있을 거라고 생각했어요."

"그렇군요. 한국에서도 우드 우드가 유명한가요?"

"좋아하는 사람들이 조금씩 생기고 있어요. 애딕티드 매장에 들어오기 시작하면서부터요."

"반가운 소식이네요. 칼에게 말해줘야겠어요."

"우드 우드에서 일하나봐요?"

"나는 매장 매니저예요. 처음 브랜드를 만들 때부터 함께했죠. 어, 저기 헨릭이랑 피터가 왔네요."

그 말에 고개를 들었을 때, 헨릭 빕스코브와 피터 옌슨이 바리케이드 안쪽으로 걸어들어가고 있는 게 보였지. 나는 목에 걸고 있던 카메라로 줌을 한껏 당겨서 헨릭의 발목을 찍었어. 밑단을 바짝 접은 그레이 진 아래로, 무지개색 물방울무늬 양말이 꽃나무처럼 회색 스니커즈 속에 심겨 있더군. 순간 내가 빕스코브의 브로치를 단, 옌슨의 모자를 쓰고 있단 게 떠올랐어. 카메라를 내렸을 때 그녀가 쇼 티켓과 함께 룩북을 내밀고 있는 게 보였지.

"이번 룩북은 나도 편집에 관여했어요. 맘에 들었으면 좋겠네요."

그런데 왜 그랬을까, 어쩐지 고맙지 않았어. 밝게 웃으며 받아들었지만, 왠가, 기뻐 나온 웃음이 아니라 짐짓 웃어 보인 거란 걸 그녀도 알고 있는 것 같았지. 나는 한국에 오면 연락하라면서 그녀에게 내 휴대폰 번호를 적어주고 매장 밖으로 나왔어. 그렇지만 그녀가 다음해에 내게 연락을 했는지는 모르겠어. 그때 나는 한국에 없었으니까. 혹시 그랬다면, 그래서 서운했다면, 그랬을 것 같진 않지만 그래도, 내게 어떤 사정이 있었는지 이야기해주고 싶어, 그녀에게.

이내 쇼가 시작되었지.

네 기억이 더 정확하고 세밀할 거야. 나는 근처에 있었지만 너는 바로 거기 있었으니까. 하지만 모르지. 거울이 제 표면을 비추지 못하는 것처럼, 내 눈에 비친 네 모습에 그날의 보다 명료한 무언가가 담겼을지도. 그래, 런웨이라고 할 건 없었어. 페데르 비트펠트가의 양끝에 바리케이드를 세운 게 그날 무대의 전부였으니까. 골목 양편으로 도열한 간이의자엔 패션 에디터들과 포토그래퍼들, 헨릭과 피터 같은 디자이너들, 그리고 하나같이 시계를 만지작거리는 바이어들과 은퇴한 모델 몇몇이 자리를 차지하고 있었지. 나 같은 일반 관객들은 그 뒤에 서서, 바리케이드 너머에서 전달된 와인을 홀짝이며 그들을 곁눈질로 훔쳐보았어. 이윽고 골목 끝에서 북소리가 들려왔지. 퉁퉁퉁. 발코니마다 층층이 VIP처럼 앉아 있던 비둘기들이 소스라치며 날아갔어. 누군가 새똥을 맞았다며 비명을 질렀지. 우리는 다 같이 웃었어. 그보다 더 유쾌할 수 없더군. 그 왁자지껄 속으로 피리 소리가 파고들고 청회색 제복을 입은 군악대가 좁은 골목 안으로 행진하기 시작했어. 느리게, 느리게, 한 발짝씩. 기수가 쓴 높은 모자의 둘레 끈 안에서 검붉은 새털이 파르르 떨렸지. 그게 무슨 뜻이었을까. 그때 너는 무슨 생각으로 그 뒤를 따라갔었니? 아니, 그 뒤를 따르면서 무슨 생각을 했었니? 그땐 그런 게 궁금하지 않았었는데. '여행자'들이 군악대를 뒤따르는 의미 같은 거. 이유를 알 순 없었지만 하여간 그건 분명 그럴싸해 보였고, 그러니 정말 어떤 이유가 있었다면 그건 단지 그 그럴싸함이 아니었을까. 근사하기만 하다면 딱히 마땅한 이유가 없더라도 그걸 할 이유는 충분하니까. 이제 난 왠지 모든 게 그렇게 여겨져.

룩북의 표지 디자인과 같은, 선 굵은 파란 스트라이프 원피스를 입은 모델이 처음이었지. 그녀는 글래디에이터 샌들을 신고 성큼성큼 큰북 주자의 뒤를 좇았고, 걸음마다 말총머리가 흔들렸어. 그 뒤를 남색 주머니가 달린 회색 카디건을 걸친 마른 남자애가 따라갔고, 이어서 첫번째 모델의 쌍둥이로 보이는, 만약 그렇다면 분명 동생일 이가 코튼 저지를 팔락이며 개구진 표정으로 뛰어갔지. 그들 모두가 같은 디자인의 글래디에이터 샌들을 신고 있었어. 검투사의 신발. 아, 그래서였나, 군악대를 앞세운 건? 아냐, 그렇게 심오했을 리 없어. 단지 이번 컬렉션의 시그니처 아이템이 바로 그거란 걸 강조하고 싶을 뿐이었을 테지. 이윽고 네가 나왔어. 그새 하늘은 연출한 듯 어둑해졌고 곳곳에서 플래시가 터졌지. 모두가 알았어. 주인공의 등장을 말이야. 그날 네가 무슨 옷을 어떻게 입었는지 세세히 기억하진 못하더라도, 거기 있던 이들 중에 네가 선보인 묘기를 잊은 사람은 아마 없을 거야. 너는 보란듯이 눈을 감았지. 그러곤 턱을 높이 들고 널찍한 보폭으로 아주 빠르게 걸어갔어. 먼저 서른여덟 걸음. 턴. 다시 서른여덟 걸음. 그 후 잠시간 골목이 비었고, 모델이 등장하던 모퉁이에서 칼과 마그누스가 나란히 걸어나왔어. 곧장 박수가 터져나왔는데 그게 두 디자이너에게 보내는 건지 아니면 너에게 보내는 건지 그 누구도 명확하게 알지 못했지. 나만 하더라도 한 번은 너를 위해, 그다음은 그들을 위해 번갈아 손뼉을 마주쳤거든. 해서, 박자는 전혀 맞지 않았고, 먹구름처럼 뭉뚱그려진 환호의 더미 속에서 결국 모든 게 불가분해졌지. 그날 갖고 싶던 게 있었냐고? 모조리 다.

*

모두가 빠져나간 그 밤의 골목에, 미처 제자리로 돌아가지 못한 간이의자 하나가 연석 위에 비스듬히 서 있었어. 문득 예수가 예의 그 흰 옷자락을 펄럭이며 지나가면 꽤 그럴싸하겠단 생각이 들었지. 키르케고르. 키르케고르. 나는 의자 등받이에 위태롭게 걸터앉아 그 이름을 되뇌며 이만큼 고갤 젖히면 뒤로 넘어갈까, 서커스라도 하는 양 한참을 깔딱댔어. 취했었나. 어느 박자엔가, 네가 내게로 다가왔지.

"나 알죠."

"아까 봤어요."

한국어로 말을 건 것만으로도 네가 이미 나를 알고 있는 것 같았어.

"그런데 왜 그렇게 노려봤어요, 날?"

"내가요?"

"그랬잖아요."

"내가 그쪽을 어떤 눈으로 봤는지는 모르지만 그건 당신도 마찬가지 아녜요? 눈을 감고 있었잖아요. 박수 소리 들었죠?"

"뒤에서 누가 당신을 보고 있거나, 당신 뒷담화를 할 때 아무것도 못 느껴요?"

나는 몸을 앞으로 수그리며 그 반동으로 단번에 일어섰지.

"불쾌했다면 미안해요."

네가 웃음을 터뜨렸어.

"이렇게 쉽게 넘어가면 어떡해요."

나는 눈을 크게 떴지. 순간 나 자신이 귀엽다고, 귀여워 보일 거라고 확신했던 것 같아. 네가 나를 따라 했거든.

"정말이에요? 정말 날 노려봤어요?"

나는 너를 말없이 노려보았지. 그리고 그때 알았어. 너는 말할 때 웃는다는 걸.

"미안해요. 아까 몇몇 에디터들한테 이 장난을 쳐봤더니 모두들 정색을 하길래, 재밌어서. 정말 미안해요. 내가 취했나봐요."

그런데 어쩐지 화가 나지 않았어. 치뜬 눈으로 널 노려보고 있었지만, 왜일까, 화가 나서 그러는 게 아니라 으레 그래야 할 것 같아서 그런단 걸 너도 알고 있는 것 같았지.

"아녜요, 괜찮아요. 혹시 모르죠. 그쪽이 정말 그런 시선을 느꼈다면, 나 때문이었는지도 몰라요. 누가 그랬는지 찾고 있던 거 아녜요?"

말을 마친 순간 이게 다 꿈일지도 모른단 생각이 생생하게 들었어. 내가 너와 여기 이 밤에 의자 하나를 사이에 두고 그처럼 쓸데

없는 말장난을 하고 있단 실감이, 전혀 그럴싸하게 여겨지지 않았지. 꿈속인 게 훨씬 더 그럴싸할 듯했어.

"내가 제대로 찾은 것 같네요."

"그래요, 나 당신이 누군지 알아요. 다민."

"오늘, 날 보러 온 거예요?"

"아뇨, 오늘 나오는지 몰랐어요. 물론 리허설하는 걸 보고 반갑긴 했지만."

"난 그쪽 처음 보는데, 프리랜서예요?"

"아뇨, 나는 그냥……"

"오늘 찍은 사진 좀 볼 수 있어요?"

나는 그 말에 어떤 대꾸도 없이, 나 자신이 그걸 바라는지 바라지 않는지 생각할 겨를도 없이 무심코 순순히 카메라를 넘겼어. 너는 스트랩을 손목에 감고 카메라 LCD 창을 찬찬히 들여다보았지. 초조했어.

"그런데 지금 여긴 왜 온 거예요? 애프터 파티, 뭐 그런 거 할 때 아닌가요?"

"원래 범인은 언제나 현장에 다시 나타나기 마련이잖아요. 나는 늘 그래요. 끝나면 꼭 다시 와요."

"왜요?"

너는 그 작은 화면을 내 쪽으로 돌려 보이며 몇 컷을 내게 보여줬어. 마치 자기가 찍은 것처럼 말이야. 내 눈을 보며 동의를 구했지. 그래, 맞아, 나도 그게 맘에 들었어.

"나는 아무것도 못 봤으니까요."

그러면서 넌 원체 게슴츠레하던 눈을 마저 감았지.

*

밤을 내버려두지 않을 듯이 달이 너무 밝았어. 너는 같이 파티에 가자고 말했지. 다른 사람들한텐 친구라고 하겠다면서 말이야. 하지만 정작 거기서 내게 관심을 주는 사람은 아무도 없었어. 너는 택시 안에서 오늘 내가 이 쇼에 어떻게 오게 되었는지를 물었지. 나는 거짓말을 하고 싶었지만 마땅한 얘기가 떠오르지 않았어. 그렇다고 제대로 솔직해질 자신도 없었지. 어쩌면 사람들은 모두 어떤 식으로든 솔직한 건지도 모르겠어. 속내를 가리는 재주에 차이가 있을 뿐 누구든 제 본심을 말끔히 가릴 수는 없으니까. 의도치 않은 행동과 꾸민 감정에서 데칼코마니처럼 낱낱이 드러나는 의도와 감정이 솔직함의 결과가 아니라면 또 뭐겠어. 나는 스트리트 스냅을 찍는다고 말했지. 고작 그러기 위해 외할머니에게서 받은 대입 축하금으로 유럽 패션 위크 시기에 맞춰 여행을 왔다고는 하지 않았어. 하지만 그때 이미 넌 얼추 다 알았을 거야. 유복함 속에서 제 개성을 증명하는 방도로 취향을 택하는 유형, 얼추 그런 걸 거라고 말이지. 뻔하지. 그런 게 아니라면, 내가 여기 오기 위해 어떤 노력을 얼마나 어떻게 기울였는지 아주 세세하게 설명했을 게 뻔하니까. 묻지도 않은 얘기를 말야. 너는 비슷한 얘기를 이미 아주 많이 들어왔을 거야. 나는 그후로도 한참 뒤에야 그런 눈치가 생겼지만. 그래, 내가 자기 자신에 대해 설득적으로 이야기하는 사람의 속내를 조금이나마 엿보기 시작한 건, 스튜디오에 인턴을 들이면서부터였지. 그제야. 네가 말을 놓았어. 김 서린 차창으로 흐릿하게 보이는 촉수 낮은 가로등과 그 주변으로 번지는 불분명한 사물의 윤곽들. 부주의하게 치여버릴 것만 같은 사람들. 나는 네가 파티에 날 데리고 가는 걸 벌써부터 후회하고 있다고 생각했어. 파티가 열린 칼의 아파트 앞에서 네가 내 이름을 물었지. 그러곤 장난스러운 표정으로 나를 바라봤어. 차연. 난 서둘러 벨을 눌렀지. 딩동.

*

눈이 부신 듯 눈을 깜박인다. 무리 지은 이파리와 얼룩무늬 햇살이 네거티브 필름처럼 망막에 맺혔다 지워지길 반복한다. 그럴 때마다 나는 칼의 아파트 현관문을 기억 속에서 누차 여닫는다. 다음 기억으로 넘어가길 망설이는 걸까. 왜? 종내 나는 눈을 감고 오른발을 앞으로 내디딘다. 아니, 왼발이었나. 모르지. 확실한 건 오로지 그 안에 들어선 순간 베이스가 잦아들었단 것뿐. 너도 그렇게 기억하는지. 아니면 네겐 그저 잊힌 디테일인지.

하여간 내 기억엔 분명 데드마우스의 레퍼토리가 마무리되고 이제 막 발매된 투 도어 시네마 클럽의 싱글 트랙이 시작되고 있었어. 어디서 들어본 것 같은 그 멜로디가 어찌나 좋던지. 하지만 전주가 끝나기도 전에 웃통을 벗은 한 남자가 다시 데드마우스를 틀라며 소리를 질렀고, 그러나 다행히도 그 요구는 철저히 무시당했고, 나는 그 상황이 좋았어. 적당한 구석을 찾아서 몰래몰래 사진을 찍었지. 내가 너를 찾고 있었던가. 너는 부엌에서, 호른과 피페를 불었던 군악대 남자애 둘을 양옆에 끼고 대마를 말아 피우고 있었어. 카메라를 가슴께로 내리는 나를 불렀지.

"취했어?"

"몰라. 약간 그런 것도 같고."

"할 거야?"

"응. 뭐야."

"위즈, 덜 말린 거."

"나 토할지도 몰라."

"걱정 마. 그럴 일 없어."

"알았어. 잠깐 이거 좀."

큰 실수를 앞두고 있다는 강한 확신이 드는 순간, 그때 멈춰 서지 못하는 까닭은, 그렇게 되는 데까지 밀어붙여서 종내 그걸 실수가 아닌 것으로 만들어놓고 싶기 때문일까. 피페를 불던 애가 이름을 알 수 없는 말린 풀을 그라인더에 갈아서 짤막한 섬유지에 빽빽하게 밀어넣었지. 단숨에 할머니가 생각났어. 쑥뜸을 뜨던 우리 할매. 나는 할매 옆에 쪼그려앉아서 그 향을 들이마시곤 했지. 매콤하면서도 달큰한 연기가 일순 꼬릿해지면 나는 손에 쥐고 있던 나무젓가락으로 뜸을 떼냈어. 할매는 인신불이라도 되고 싶었던 걸까. 제 초상을 연습하는 것처럼 그렇게 매일같이 제 몸에 불을 붙이던 우리 할매. 왜 그렇게 오래 살았어. 그렇게 지지고 볶으면 조금이라도 앞당겨질 거라고 생각했나봐. 내 입술이 그을기 전에 네가 내 뺨을 톡 건드렸지. 퉤.

"취했네."

네가 나를 찍었어. 얼굴만. 기억에는 없지만 사진이 남아 있으니까 구태여 기억할 필요도 없겠지. 나의 프로필, 그 사진 속 표정을 짓기 전이었는지 후였는지 모르겠어. 시끄러운 와중에 네가 노래를 불렀는데 어쩐지 따라 부를 수 있을 것 같아서 내 맘대로 흥얼거린 게 제법 화음이 맞았지. 올리브색 까마귀가 부엌 뒤편의 발코니에 내려앉았어. 난간이 제법 높았지만 탁자와 의자가 있는 덕에 네 걸음이면 밖으로 뛰어내릴 수 있겠다고 생각했지. 의자를 밟고, 탁자에 올라, 난간을 딛고, 허공으로 나서면, 하나, 둘, 셋, 넷. 여러 번 해본 듯 능숙하게 막힘없이 일을 마무리지을 수 있을 거라고 말이야. 네가 그 생각을 방해했지.

"네 사진, 다른 사람들한테 보여줘도 돼?"

"내 사진? 왜? 내가 뭐 볼 게 있다고."

"아니, 너 말고, 니가 오늘 찍은 사진 말이야."

"아."

"그렇다고 네가 볼 게 없단 건 아니고."

너는 나를 일으켜 응접실로 데려갔고, 어쩐지 그제야 본론이 시작되는 것 같았어. 나는 자리에서 일어나면서 와인으로 입을 헹궜지. 콧속에 검댕이 들어찬 듯했어. 널찍한 방에 두런두런 놓인 작은 탁자마다 누가 시킨 것처럼 둘씩 짝지은 사람들이 머리를 맞대고 앉아 있었지. 볼링 핀처럼 가지런히 놓인 그 머리들을 죄다 쓰러뜨리고 싶었던 건 왜일까. 실수인 양 그 탁자들의 빈약한 다리를 하나씩 걷어차보고 싶었어. 속수무책으로 넘어지는 몸들이 보고 싶었지. 그땐 확실히 뭐에든 취해 있었던 게 분명해. 네가 구석의 소파로 날 데려갔지. 코안경을 쓴 남자와 셀로판 콧수염을 붙인 여자가 가판 잡지를 펴놓고 심각한 표정을 짓고 있었어. 네가 그 앞에 손가락을 두어 번 튕겼지.

"앉아도 되죠?"

"컵 위치가 잘못됐어."

콧수염이 말을 받았지.

"네?"

"다민, 이거 좀 봐봐. 여기 탁자에 커피잔 보이지? 이걸 너무 가운데에다 놓은 것 같지 않아?"

"흠, 확실히 그렇네요."

"그래, 봐봐. 내 말이 맞지? 지나치게 안정적인 느낌이야. 이게 탁자 끄트머리에 있어야 확실히 부주의해 보이고 금방이라도 엎지를 것 같은 느낌이 들 텐데. 이건 아냐. 정말 아냐."

코안경이 코를 찡긋거렸어.

"다민, 그래? 나는 별문제 없어 보이는데. 탁자가 충분히 작다고. 여기 하디드가 모서리에 겨우 턱을 괴고 있잖아. 나는 지금 구도가 더 긴장감 있는 거 같은데."

"아, 진짜 계속 같은 얘기 할 거야? 균형이 안 맞잖아. 하디드 맞은편 끝에 잔이 놓여 있어야 까딱하면 뒤집어질 것 같은 느낌이 든다고. 지금 여기엔 심리적인 대칭이 전혀 없다고. 몇 번을 말해. 이 사진에선 구도밖에 남는 게 없어."

"이게 왜 꼭 뒤집어질 듯해야 하는지, 난 그것부터 이해가 안 가. 고작 이 커피잔 때문에 화보를 다 다시 찍자고? 안 돼. 난 이네스한테 그 얘기 절대 못 꺼내."

"미치겠네. 커피잔 손잡이를 봐. 하디드 코랑 거의 닿을 듯하잖아. 이게 뭐냐고. 안 돼. 자기, 이번 맥퀸 컬렉션을 이해하기는 하는 거야? 이럼 안 돼. 이 강박적이고 불안한 아름다움이 안 느껴져? 안 보여? 우리가 거기다 갑자기 진정제를 놓는 꼴이잖아. 완전히 마비시키는 거라고. 다 망치는 거야. 이네스한테 얘기해. 일 키우지 말자고. 분명 컴플레인이 들어올 거야. 맥퀸이 바보야?"

그들은 뭐에든 홀린 게 확실해 보였지. 코안경이 내게 도움을 요청했어.

"자, 이렇게 해보자. 저기, 이거 좀 봐봐요. 어때 보여요? 하디드 표정이 이미 불안해 보이잖아요. 그쵸? 그리고 우리가 하는 얘길 안 들었으면 커피잔에 눈길이나 줬을 거 같아요? 아니죠?"

그걸 기회로 여겼던 걸까. 나는 선뜻 코안경에게 잡지를 건네받았지. 순간 어떤 긴장이, 강박이, 불안이 느껴졌는지는 모르겠어. 어쨌거나 내가 어떻게 했었는지 분명 너도 똑똑히 기억하겠지. 그래, 나는 그걸 구겨버렸어. 지금 생각해봐도 그게 내 최선이었지. 그런 다음 다시 반듯하게 쫙쫙 펴는 것까지가 말야.

"자, 이제 어때요? 돈 안 들이고 얼추 해결된 것 같은데."

코안경은 얼떨떨하면서도 떨떠름한 얼굴로 모든 걸 포기한 듯 잡지를 받아들었어. 내게 화를 낼 힘도 없어 보였지. 그리고 일순 그의 눈이 빛났어. 아니 어쩌면 단지 샹들리에 불빛이 그의 안경알에 반사되었던 건지도 몰라.

"어, 어…… 그러게, 그러게. 맞네, 맞아. 됐다. 그치? 됐네."

셀로판 콧수염이 윗입술을 깨물며 잡지를 건네받고는, 다시 입을 살짝 벌렸다가 아랫입술을 깨물었지.

"그래, 그래. 불안해 보여, 확실히. 아름다움이 불러일으킨 초조감이 독자로 하여금 사진을 구기게 만든 거지. 그래, 그래, 맞네, 맞아. 눈을 뗄 수 없으면서도, 더는 못 볼 거 같아서 저도 모르게 확. 그래 맞아, 이거야 이거. 이대로 프린트하면 되겠어."

웃어야 했을까. 웃음이 나오는 대로 놔둬야 했을까. 그렇게 기회를 날려버려야 했을까.

"얘, 크레디트에 올려는 줄 거죠? 내가 다 봤다는 거 잊으면 안 돼요."

"그럼, 다민. 나 알잖아. 그런데 이 천재는 누구시지?"

셀로판 콧수염이 내 쪽으로 얼굴을 들이밀며 물었어. 이 사람들, 지금 정말 진지한 걸까. 나는 어떤 마음으로 그런 행동을 해버린 거지? 누가 그러라고 한 거지? 코안경이 소파 깊숙이 몸을 파묻은 채 아까보다 훨씬 더 편안해진, 그러나 여전히 피곤한 얼굴로 우릴 바라봤어. 둘 다 아파 보일 정도로 깡말랐었지. 왜 저렇지? 누가 저러라고 한 거지? 건강한 몸에 건강한 정신이 깃드는 까닭에 그들은 성급하게 건강부터 무너뜨린 것 같았어. 그들에게 가장 필요한 건 불건전한 정신이었을 테니까. 너는 내 카메라를 들어 LCD 화면을 그들 쪽으로 돌리려다가 멈칫하더니 나를 끌고 밖으로 나왔어. 그들은 우리를 부르지 않았지.

"내 말 잘 들어."

"응?"

"차연아, 누가 뭘 좋다고 하면 일단 나쁘게 생각해. 별로라고 말야."

그때 내가 뭐라고 했지. 그저 미간을 조금 찌푸렸던 것 같아. 아니, 네가 내 이름을 부르는 게 생경하고 좋아서, 그저 그 맘을 들키고 싶지 않아서 얼굴에 한껏 힘을 줬었나. 문득 네가 나를 시험하고 있단 생각이 들었고, 이미 그 테스트를 통과한 듯한 기분이 올라왔지. 우리는 안으로 들어가지 않고 길을 돌아 바닷가를 향해 걸었어. 뉘하운 항구 근처에 다다랐을 때 네가 덤스터 다이빙을 하지 않겠냐고 물었고, 나는 그게 뭐냐고 되물었지.

"쓰레기통을 뒤지는 거야."

"뭐?"

"빵집에서 영업이 끝나면 팔다 남은 빵을 커다란 비닐봉지에 모아다 버리거든. 법적으로 그래야 한다나. 버리는 장소는 정해져 있고. 대개 학생들이나 크리스티아니아 주민들이 진작에 털어가긴 하지만, 내가 방금 들은 게 있거든. 프레더릭 베이커리라는 데에서 그게 싫어서 구태여 뉘하운 해변에까지 가서 버린다고 하더라고. 좀생이들. 조금도 나눠주고 싶지 않은 거지."

"누구한테 들었는데?"

"아까 호른 불던 애. 지가 오늘 안 털었으니까 그대로 있을 거라면서 킬킬대더라고."

잠시 후 뚜껑이 열린 커다란 폐기물 컨테이너에 내 어깨를 타고 올라간 네가 그 안을 향해 아무래도 연극적인 자세로 첨벙 빠지더니 금세 은회색 비닐봉지 하나를 건져 나왔지. 우리는 방파제에 앉아서 설탕과 버터에 전 데니시 롤과 겉이 딱딱하게 굳은 호밀빵을 나눠 먹었어. 해변 멀리에서 오페라하우스의 불빛이 반짝였지. 가식적인 웃음소리가 바다를 넘어 간간이 들려오는 듯싶었어. 그러다 머리가 핑 돌고, 나는 한참 전에 예고했던 것처럼, 올 게 왔다는 듯이 토했지. 그 옆에서 네가 어찌나 크게 웃던지. 너 정말 정직하다 정직해, 정말. 그러면서 내 등을 두들겨주는 네가 못 견디게 얄미우면서도 또 못내 좋았어. 그날 어떻게 호텔 방으로 돌아왔는지 전혀 기억나지 않아. 너는 내 옆에 누워 있지 않았지. 그건 분명해. 나는 네게 아무것도 물어보지 않았어. 그때도, 그뒤로도. 너무 많은 순간들이 너무 빠르게 기억이 되고 또 너무 더디게 추억이 돼. 이젠 내일도 다 지난 일 같아.

*

나는 돌연 한기를 느끼고 양손으로 팔뚝을 쓰다듬는다. 여기가 어디지? 그래, 파리, 튈르리. 이대로 잔디에 누운 채 잠들면 큰일이란 생각이 이어진다. 한낮의 공원에서 강도 같은 걸 당하기야 하겠냐만, 잠에서 깼을 때 배 위의 스케치북이 사라져 있다면 그땐 정말 정신을 놓아버릴지도 모른다. 네가 떠난 후 너에게서 받은 유일한 기별에, 그렇게 아무런 답신을 하지 못한 채 그런 일이 벌어진다면, 나 스스로를 용서하기 쉽지 않을 것 같다. 그러니 잠들면 안 될 일이다.

나는 지금 정확히 어디에 있는 걸까. 너는 아니? 너의 행방에 앞서 나의 정처를 모르겠어. 주변 풍경이 나의 위치를 정확하게 알리고 있지만, 지금 나는 내가 여기 있는 것 같지 않아. 자꾸 눈을 감게 돼.

*

다음날 늦은 아침 이네스에게서 전화가 왔지. 그래, 콧수염과 코안경의 보스가 말했어. 내 사진을 사고 싶다고. 난 보지도 않고 그래도 되겠냐고 물었고, 그녀는 잠시 뜸을 들이는 것 같았어. 하지만 지금은 다 알지. 그녀가 웃음을 참고 있었단 걸 말야. 아르네 야콥센이 디자인한 불편한 의자에 편안한 듯이 앉아, 소리 없이 웃고 있는 그녀밖에 이제 다른 상상은 할 수 없어. 다민한테 들었어요. 하나를 보면 열을 알죠. 지난밤, 기억할 수 없는 순간에 내가 네게 내 연락처를 주었겠지. 그 순간을 떠올릴 수 없단 게 아쉬워. 내가 부러 연락처를 줬었는지, 아니면 네가 먼저 달라고 했었는지, 뭐였는지. 그뒤로도 어쩐지 물을 수가 없었어. 너로 하여금 내가 그 순간을 기억하지 못한다는 걸 알게 하고 싶지 않았나봐.

이네스에게 승낙 의사를 밝히고 통화를 마치자마자, 마치 그 대화를 모두 엿들은 듯이 네게서 전화가 왔지. 카스텔레에 가자고 했어. 난 그게 어딘지도 모르면서 알겠다고 했지. 넌 호텔 로비에서 그 전날 입었던 쇼피스를 그대로 입고 서 있었어. 이번엔 눈을 뜨고 있었고 박수 소리도 들리지 않았지. 너는 대뜸 이네스에게 사진을 보냈냐고 물었고, 나는 고개를 끄덕였어. 고맙다는 말이 거의 입 밖으로 나올 뻔했지만 그러지 않았지. 나는 그러길 잘했다고, 참 다행이라고 생각해. 그리고 너는 어땠는지 모르지만 적어도 그때 나는 아무것에도 취해 있지 않았고, 비로소 네가 내게 왜 이런 관심을 주는지 궁금해졌어. 하지만 어떤 말로 너의 호기심을 나의 궁금증에 잇대어놓을 수 있을지 알 수 없었지. 일단은 네가 청한 대로 그곳까지 걸어가기로 했어.

그러니까 네 말에 따르면 카스텔레는 유럽에서 종종 볼 수 있는 별 모양의 해자였지. 그 내부에 요새를 짓고 누군가의 침략을 노심초사 기다리다 결국 제 쓸모를 잃고, 그런 것들의 운명이 대개 그러하듯 공원이 되었다고. 좀비 바이러스가 창궐하지 않는 한 영영 그럴 거라고 말이야. 그 예쁜 형태가 방어에 효율적이라는 사실이 그다지 아이러니하게 여겨지지는 않았어. 그 점이 또한 쉬이해가 가지 않았지. 왜 예쁜 것은 강한 것일까. 그게 가장 정확하고 엄격한, 그 정의인 걸까. 그렇다면 그 역은 왜 성립하지 않는 걸까. 그날 네가 전날과 유일하게 달랐던 건 머리 모양이었지. 너는 앞머리를 무겁게 내리고 눈을 가렸어. 그리고 난 공원 초입에 이르러서야 뒤미처 깨달았지. 너의 머리색을 말이야. 햇살을 받고서야 네 머리카락은 숨겨둔 청록빛을 드러내며 그 밤의 골목에서 맡았던 베르가모트 향의 뜻을 올올이 속삭였어. 하지만 그 빛이 오래가진 않았지. 우리가 일 년 후 다시 만났을 때 넌 거기서 파랑을 덜어낸 뒤였어.

어느새 우리는 아침이슬이 말라가는 잔디 위를 걷고 있었고, 나는 코끝에 닿는 모든 것들을 분별해낼 수 없었지. 풀물과 향수, 그 풋내들. 그리고 얼마 지나지 않아 네가 미리 일러주지 않은 목적지에 다다랐어. 나는 그제야 네가 나를 어디로 데려왔는지 알 수 있었지. 한산하던 공원에 무슨 큰 사고라도 난 것처럼 거기에만 사람들이 바글거렸어. 그래, 돌이켜보면 지금도 거기서 여전히 무슨 사건이 벌어지고 있는 것만 같아. 누가 아니라고 할 수 있을까. 바다를 마주한 별의 한 꼭짓점에 그녀가 앉아 있었지. 웅크린 포유류 같은 잿빛 바위에 카세트테이프를 풀어헤쳐놓은 듯한 검푸른 해초가 둘러져 있고, 그 위에 인어공주가 주저앉아 있었어. 멍 자국 같은 녹이 몸의 윤곽을 따라 야금야금 번져가고 있었지. 그녀의 하반신은 변신의 순간을 따라 두 다리에 지느러미의 흔적이 주조되어 있었어. 그녀의 망연한 눈은 뭍으로 나온 황망함을, 바다로 향한 얼굴은 때 이른 그리움을 정직하게 드러냈지. 때늦은 후회의 징후들. 내가 사는 세계의 바깥이 궁금한 건 왜일까. 호기심은 그 모든 위험을 감수할 만큼 우리가 충실해야 할 어떤 추동인 걸까. 거기엔 그럴 만한 가치가 있을까. 가치가 없으면 없는 대로 그 무가치에 목매게 하는 현실의 결핍은 어디에서 비롯하는 걸까.

너는 사람들을 헤치고 그녀에게로 가까이 다가갔어. 그리고 체취라도 맡는 양 그 벗은 몸에 얼굴을 가져다대고 표면을 뜯어보았지. 파랑의 쇳내, 초록의 풋내, 빨강의 탄내, 노랑의 단내. 숨쉴 때마다 달라지는 그 대기 속에서 갈매기 한 무리가 관광객들의 머리 위를 한참 선회했어. 누군가는 떨어지는 새똥을 피하려다 도리어 제 이마에 적중시켰지. 이번엔 웃음이 나오지 않았어.

"어때? 소문보다 낫지?"

"무슨 소문?"

"그 왜 있잖아, 유럽 삼대 허무 관광지. 브뤼셀의 오줌싸개 동상, 코펜하겐의 인어공주상, 그리고 또 뭐더라."

"아, 그거. 그러게, 뭐더라."

"저렇게 세 개 꼽아놓으면 꼭 세번째는 생각이 잘 안 나더라."

"억지로 끼워맞춰놔서 그런가."

"그러게. 세상엔 억지스러운 게 진짜 참 많아."

"처음 보는 거야?"

"응, 작년에는 컬렉션 스케줄만 하고 바로 가느라. 그때 보고 싶었는데."

"이번엔?"

"별로 다를 거 없어. 오늘밤에 파리에 가야 해. 휴, 그래, 가야지. 이제 진짜 시작이네. 넌?"

"나는 여기 조금 더 있다가 암스테르담으로 갈 거야. 그래도 당연히 파리는 가야지, 시즌 끝나기 전에. 가면 언제까지 있어?"

"일주일? 어쩌면 못 볼 수도 있겠다."

그때 왜, 그러면 일정을 바꿔보겠다고 말하지 않았을까. 쉬운 인상을 주고 싶지 않아서였을까. 그래, 그래서였겠지. 야트막한 언덕 너머로 예배당이 보였어. 모눈 위에 찍힌 점처럼 단정한 흑백의 건물에서 종소리가 들렸고, 나는 그 무엇이든 딱 저 정도의 균형이 괜찮겠단 생각을 했어. 뼈대만 남는대도 앙상하지 않을 어떤 구조 말이야. 그런 건 굳이 장식이 필요 없지. 그러니까 누가 그런 쓸데없고 악의적이고, 심지어 제대로 기억할 수도 없는 루머 같은 리스트를 애써 만든 걸까. 그딴 건 오로지 험담을 위한 이야기지. 그래, 사람들은 자신이 아름다움을 분별할 수 있다고 여길 때 추해지는 것 같아. 내가 인어공주에게서 느낀 허무는 결코 그 왜소함에서 비롯한 게 아녔어. 교회 종소리가 끝날 때까지 우리는 예배당 앞을 배회했고, 내가 네 사진을 몇 장 찍었지. 그 사진을 찾아보면 지금도 그 소리가 들려, 댕댕댕.

"네 사진 좋더라. 정말이야. 맘에 들어."

"너라면 누가 찍는대도 보기 좋을 거야."

"아냐, 그렇지 않아. 난 지금 여기에 너랑 있는 거거든."

"그래, 그렇지."

"이네스가 뭐래?"

"내 사진을 사고 싶대. 네가 얘기한 거지?"

"응, 내 맘대로 얘기해서 미안. 그런데 내가 먼저 얘기 안 하면, 걔네들은 절대 네 이름 크레디트에 안 올릴 거야."

"누구? 어제 그 사람들?"

"응. 네가 삼천 유로짜리 쓰레기를 화보로 되살려놨다는 거, 걔넨 절대 얘기 못해."

"난 상관없는데."

네가 긴 팔을 들어 앞머리를 옆으로 걷었어. 소매 없는 여름 원피스가 스프레이로 고정시킨 앞머리처럼 바람에도 흔들리지 않을 듯싶었지. 시간이 멈춰도 바람은 멎지 않을 것 같단 생각이 스쳤어. 다시 너를 봤을 때, 너의 표정은 어두웠고 나는 변명하듯 카메라를 들어 네 얼굴을 가까이 당겨 찍었지. 별안간 너는 하늘 높이 팔을 뻗어 기지개를 켰고, 그러다 돌연 찌푸린 미간에 힘을 더했어.

"아야, 여기 등에, 아야, 에고고."

"응? 등?"

"아야야. 어제 옷핀이 그대로 있나봐. 팔 내리면 더 찌를 것 같애."

"잠깐 잠깐, 가만히 있어봐. 여기? 정확히 어디쯤? 안 보이는데."

*

지금 그 옷핀은 스튜디오 한쪽 벽에 걸어둔 타공판의 원형 자석 아래 단단히 붙어 있다. 어쩌면 네 피가 아주 조금은 말라붙어 있을 그 바늘 끝에 나는 버릇처럼 초점을 맞추곤 한다. 자꾸만 핀트가 엇나가고, 그때마다 네 앓는 소리를 듣는다. 네 목소리는 비음이 도드라졌지. 물론 나는 우리가 어떻게 콧소리를 감지해내는지 그 원리를 알지 못해. 그런 소리가 나면 그냥 그런가보다 할 따름이지. 어쩌면 그건 그리 어려운 문제가 아닐지 몰라. 성대와 비강에 몇 개의 센서를 부착하는 것만으로도, 어떤 음성에서 비음이 차지하는 비중이 어느 정도인지 수치화할 수 있을지 모르지. 그렇게 그 고유의 톤을 만들어내는 요인을 낱낱이 분별해낼 수 있을지 몰라. 하지만 그럼으로써 얻는 건 뭘까. 누가 가르쳐주지 않는대도 콧소리를 내는 법을 모르는 사람이 어딨어.

*

우리가 다시 만난 건 그로부터 일주일 뒤 안트베르펜에서였어. 제법 정확한 중간 지점이었지. 너는 파리에서, 나는 암스테르담에서 기차를 타고 엇비슷한 시간이 걸려 그곳에 도착했고, 조금 뒤 각자 재개될 여정에서 서로의 출발지와 도착지는 그 반대였어. 그날 밤 너는 암스테르담 스히폴 공항에서 한국행 비행기를 탈 예정이었고, 나는 파리의 꼴레뜨 매장에서 있을 빅터 앤 롤프의 새로운 향수 발매 쇼케이스를 보러 갈 계획이었지. 그 엇갈림이 나를 위축시켰어. 너는 정해진 제 갈 길을 가는 것 같았고 나는 억지스럽게 애먼 짓을 벌이고 있는 꼴이었지. 그래, 두 시간 정도의 여유가 있었던 것 같아. 내가 은근슬쩍 만들어낸 그 여유. 우리는 왕립 미술관 앞에서 만났지. 네가 다비드의 〈마라의 죽음〉을 봐야 한다고 했거든. 입구의 엑스레이 벨트에 카메라를 내려놓으면서 내가 말했어.

"이네스가 패션 위크 끝나기 전에 뭐 좀 더 찍어보래."

"잘됐다! 거봐, 내가 좋다고 했잖아. 그래, 암스테르담은 어땠어? 뭐 좀 건졌어?"

"어, 좋았어. 날씨가 좋아서 길에 사람들이 많았거든. 분홍색 시폰 스커트를 입은 여자가 가장 기억에 남는데 그만 놓쳐버리는 바람에 말을 걸지 못했네. 아무튼 그래서 그 사진은 쓸 수 없을 것 같아. 그게 좀 아쉬워."

"그래, 뭐 어쩔 수 없지. 스트리트 스냅은 그런 게 어렵겠구나."

"응, 아무래도. 사진을 써도 되는지 묻기 전까지는 사실 도촬이랑 다를 바 없으니까."

"그럼 어떡해? 싫다고 하면. 바로 지워?"

"지워달라고 하면 그러고, 이번처럼 놓쳐버렸을 땐 한동안 혼자 보기도 하고. 하지만 결국엔 다 지워. 안 그러면 계속 그럴 것 같거든. 그래도 될 것 같아져서 오히려 스냅을 찍는 데 방해가 되더라고."

"그럼 나도 그 분홍색 사진은 안 보는 걸로 할게, 아쉽지만."

"넌 봐도 되는데."

"아냐. 뭐, 미술관은 안 갔어? 반 고흐 미술관 같은 데 있잖아."

"어, 갔지. 근데 난 잘 모르겠더라."

"뭐가?"

"너무 다 익숙한 이미지라서. 거기다 그 사람에 대한 이야기를 몰랐으면 어떻게 봤을지 잘 모르겠어. 그랬다 하더라도 내가 뭔가를 발견했을까. 모르겠어. 감동적인 구석들이 조금씩 다 미심쩍더라고."

"그렇다고 작가를 따로 떼어낼 수는 없는 거잖아."

"물론 그렇지만, 뭐랄까, 그 사람의 인생사가 그걸 보는 데 가장 지배적인 관점이 되는 게, 어쩐지 나 자신을 설득하고 있는 것만 같아서 싫었어. 좋은 거다, 좋은 거다, 하고."

"그게 네 사진이 보기 좋은 이유인지도 모르겠다. 모르는 사람을 좋아 보이게끔 하는 거."

"내가 일부러 그러는 것 같네."

"인정하는 거야?"

"나는 널 인정하지."

초점을 벗어나는 말들. 맹점을 피해가는 주제들. 우리의 대화는 매번 그렇게 의뭉스러웠어. 알면서도 모르는 척, 모르면서도 아는 척하는 데 바빴지. 그러는 것만이 대화를 이어갈 수 있는 가장 안전하고 안정적인 방식이라고 생각했나봐. 너는 캔버스 속 욕조 안에서 피 흘리며 죽어가는, 그 마라라는 사내의 사연을 내게 들려주지 않았지. 다 알면서. 그리고 나 역시 아무것도 모르면서, 아무것도 묻지 않았어. 대신 우린 그저 '좋다'는 말만 몇 차례 주고받았지. 그게 다였어. 그러고 곧장 미술관을 나와 길 건너편의 앤 드뮐미스터 매장으로 갔지. 처음부터 그러기로 했었는지, 네가 그럴 생각이었는지, 내가 그러자고 했었는지 흐릿하지만 별말 없이 자연스럽게 그곳으로 발길을 옮긴 것만은 확실해. 유리문을 열자마자 알싸한 향내가 났고, 나는 처음 맡아보는 냄새인지 잠시간 기억을 더듬었어. 매장 매니저가 네게 알은체를 하며 다가왔지.

"놀래라, 다민! 어쩐 일이야! 얘기도 없이."

"인센스가 바뀌었네요."

"어떻게 알았어? 목탄 향을 조금 섞었는데 잘 모르더라고."

"앤은 늘 조금씩 바꾸잖아요, 뭐든. 아무튼 좋네요. 또 뭐가 바뀌었을지 궁금해졌어요."

"그래서 앤이 널 예뻐하는 거야. 알아줘서."

"그래도 앤한테는 내가 좋다고 한 거 말하지 마요. 누가 자기 칭찬하는 거 싫어하는 줄 다 아니까."

그가 너와 대화를 하면서도 곁눈질로 나를 훑어보는 걸 알 수 있었지. 그의 눈이 내가 걸치고 있는 모든 옷가지의 브랜드와 그 발매 시기를 단번에 정확하게 감별하는 걸 눈치챌 수 있었어. 검색은 순식간이었고 나는 무사통과되었지.

"내 친구예요. 포토그래퍼. 이네스랑 같이 일해요."

"아, 그렇구나! 어쩐지. 만나서 반가워요. 우리 처음 만나는 거 맞죠?"

"아, 네. 반가워요."

"이네스에게 꼭 안부 전해줘요. 앤이 늘 고마워한다고요. 그럼 찬찬히 둘러봐요."

그 말이 전부인 게 어쩐지 안도가 되었어. 거짓말을 하지 않아도 돼서였을 거야. 오랜 후에 다시 만났을 때 그는 나를 전혀 기억하지 못했지. 그를 비난하는 건 아니야. 나를 알아보는 게 더 신기한 일일 테니까. 그랬다면 나는 정말 질겁했을 거야. 어쨌거나 난 그를 대번에 기억했지. 그때 너와 만난 사람들 중에 잊은 이는 아무도 없어. 우리가 탄 택시의 운전기사와, 미술관의 직원들과, 카페의 종업원들까지도 모두 다. 나는 그들이 그때의 제 모습을 조금이라도 간직하고 있다면 언제 어디서든 알아볼 자신이 있어. 물론 아마 내 착각이겠지. 하지만 그래도 자신은 있어.

매장의 인테리어와 옷들은 드뮐미스터가 늘 그러하듯 대개 흑백이었고, 검정의 비중이 조금 더 컸지. 아치형 유리창 아래 번진 햇살의 노란빛 무늬와 피팅 룸 앞에 놓인 켄티아야자 가지 두 개가 아니었더라면 선글라스를 쓰고 있었대도 몰랐을 거야. 그날 매장에서 찍은 사진들 역시 너를 지우고 보면 흑백사진이나 다름없어. 오래잖아 너는 바닥에 끌릴 듯이 늘어진 검은 셔츠의 드레이프를 매만지다가 내게 이거 어떠냐고 물었지. 그건 남성복이었지만 드뮐미스터에서 성별 구분처럼 무의미한 게 없는 만큼, 넌 별로 개의치 않는 듯했어. 그리고 나는 네가 그 옷걸이를 턱끝에 가져다대고 나서야 알아챘지. 그 옷을 처음으로 입은 사람이 바로 너였단 사실을 말이야. 나는 그 옷을 입은 네가 창백한 화장을 하고 넘어질 듯이 겨우 서 있는 사진을 언젠가 봤던 기억이 났어. 네 옷이네. 네가 웃으면서 그걸 제자리에 다시 걸어놓았지.

*

기억했던 기억을 기억하는 것.
떠올랐던 순간을 떠올리는 것.
내가 지금 너를 두고 하고 있는 것.

*

회상 속에서 색채는 꿈속에서보다 더 탁하게 바래. 거기엔 실감이 주는 확신이 없지. 스무 해를 걸러 다시 유행하는 스타일을 볼 때처럼, 그 시절을 살았던 기억이 남아 있을수록 눈앞은 불투명해져. 차라리 몰랐으면 싶어. 아니 겪지 않았었으면 싶어. 과거는 현재의 문제를 풀기 위한 적절한 힌트가 되어줄 수 있을까. 때로는 그럴지 몰라. 그러길 바라. 적어도 이번은.

*

우리는 당연히 빈손으로 매장을 나왔고, 함께 중앙역까지 간 다음 각자의 플랫폼으로 헤어졌지. 역사에 들어서면서 넌 내게 신문지로 허술하게 포장된 책 한 권을 줬어. 나는 그 자리에서 뜯어봤지. 1959년도판 영역본 『인어공주』였어.

"비싼 거 아냐?"

"아니, 별로. 흔한 거래. 비싼 건 따로 있대."

"받아도 될지 모르겠네."

"마레에서 샀어. 눈에 띄길래. 아무튼 그러니까 부담 갖지 마. 가짜일지도 몰라. 뭐 그러면 제값 주고 산 셈이고."

그땐 노키아가 여전히 건재하던 시절이었고 스마트폰을 구매 선택지에 넣기엔 제법 일렀지. 꼴레뜨조차 페이스북 페이지는 물론 트위터 계정도 아직 개설하지 않았었어. 넌 그 책에 대해 몇 가지 설명을 덧붙인 다음 책표지를 열어 보이며 거기 써둔 네 이메일 주소를 짚었지. 난 누군가에 의해 다듬어진 네 손톱 끝을 봤어.

"한국 오면 메일 줘. 그때 폰 번호 알려줄게. 지금은 없어."

"응, 여름방학 끝나기 전엔 돌아갈 거야. 늦어도 8월 말에는."

"그래, 그때도 볼 수 있으면 좋겠다. 내가 그때까지 거기 있어야 할 텐데, 모르겠네, 일정을."

"답장 기다릴게."

"응, 잘 지내고."

우린 가볍게 포옹을 하고, 서로의 어깨를 부드럽게 두드리며 미소를 주고받았지. 젖은 풀 내음. 나는 꽤 확신했던 것 같아. 이게 마지막이라고 말이야. 꼴레뜨에서 곧 나눠줄 샘플 향수를 어서 빨리 손에 쥐고 싶었어. 시향지에 코를 대고 싶었어. 맡아본 적 없는 향에 취하고 싶었어. 그게 뭐든 다른 매혹이 필요했어.

하지만 나는 가만히 서 있었지. 그 순간을 조금이라도 더 늘릴 심산이었는지 몰라. 그리고 정말 내 마음대로 되었지. 몸을 돌리려는 내게, 네가 말했어.

"그런데, 넌 그때 왜 거기 있었어?"

"응?"

"우리 처음 만난 그 골목에 말야."

너는 왜 그제야 내게 그때에 대해 물었던 걸까. 어쩌면 내가 알아서 네게 그 연유를 먼저 이야기할 거라 믿었던 걸까. 몰라. 어쨌거나 그게 네가 내게 가진 호기심의 전부였고, 나의 궁금증은 풀렸지. 그때 솔직했더라면 지금 내 배 위에 이 스케치북이 이렇게 놓여 있을까. 그렇다면 과연 그러는 게 더 나았을까. 그때 네가 알았던 것과 몰랐던 것은 대체 무엇이었을까.

나는 이마 위에 떨어진 잎사귀를 손에 쥐고 눈을 뜬다. 여느 날과 마찬가지로 어느새 해가 낮아진다. 너는 영영 모르지, 왜 그때 내가 거기서 버려진 의자를 무심히 괴롭히고 있었는지. 나의 궁금증이 해소된 것처럼 너의 호기심이 잠재워지는 걸 원치 않았어. 그렇게 네가 내 연락을 조금이라도 더 오래 기다리기를 원했어.

"메일 쓸게."

*

미안해.

*

감자튀김 냄새가 진동하는 객실의 창밖으로 멀리, 네로가 파트라슈와 함께 영영 잠들었다는 성모마리아대성당의 종루가 보였어. 그날 날씨가 참 좋았지. 널 처음 만난 날도 그에 못지않았어. 그날 페데르 비트펠트가의 양편으로 줄지어 있던 간이의자 위에는 VIP를 위한 컬렉션 샘플 키트가 파란색 노끈으로 예쁘게 포장

되어 있었지. 그 안에는 그 시즌의 액세서리 컬렉션 중 하나가 랜덤으로 들어 있었고, 그 귀빈들은 쇼가 시작되기도 전에 포장을 풀어보면서, 비니가 나왔네, 브로치가 나왔네, 양말이 나왔네 하며 저희들끼리 깔깔 웃었지. 또 간혹 물건을 교환하기도 하면서, 대체적으로 만족스러워하고 있었어.

그런데 한 짝이 맞지 않았지. 누군가 초대에 응하지 않았던 거야. 혹은 그럴 만한 사정이 있었거나. 그리고 그 누군가가 앉기로 되어 있던 의자 바로 뒤에 내가 서 있었어. 왜 하필 거기 서게 되었을까. 앞이 더 잘 보일 것 같아서? 어쨌거나 일부러 거기에 자리를 잡았던 것만은 분명해. 우연히 티켓을 얻은 행운을 조금이라도 더 시험해보고 싶었던 걸까. 모르지. 그래도 된다고 생각했어. 그 의자 위엔 초대받은 사람 대신 맵시 있게 포장된 선물꾸러미만이 자리를 차지하고 있었고, 명백하고 확고한 견물생심이 단숨에 나를 사로잡았지. 그리고 나와 같은 마음을 품고 있는 이들이 내 양옆으로 모여든 걸 감지할 수 있었어. 우린 하나같이 쇼에 온전히 집중하지 못했지. 특히 내 오른편에 서 있던 남자가 유난히 날 경계하는 게 느껴졌어. 그의 깡총한 바지 밑단 아래로 노란색 양말이 눈에 띄었지. 그 눈에 띄는 노란 양말을 골랐을 맘을 생각하니 너무 싫었어. 내가 그와 같은 목적을 지닌 사람이란 게 참을 수 없이 불편하고 불쾌했지. 종내 쇼가 막바지에 다다랐을 땐, 차라리 누가 어서 이걸 집어갔으면, 아무나 빨리 치워줬으면 하는 바람이 간절해졌어. 빈 의자를 방치하는 스태프가 원망스러울 지경이었지. 어떻게든 마음을 정리해야 할 순간이 다가오고 있었어. 드디어 네가 등장했지. 눈을 감은 채로 말이야. 그때였어. 그래, 그보다 더 적절한 타이밍은 없었을 거야. 모두가 너의 묘기에 숨죽였을 때, 결국 그 노란 양말마저 네게 한눈을 팔았지. 그건 내 카메라 가방에 크기가 꼭 맞았어. 나는 빈 의자 뒤에서 박수를 쳤지. 다른 사람들처럼 열심히, 그들보다 더 진심으로 말이야.

나는 박수 소리가 잦아들기 전에 서둘러 골목을 빠져나왔어. 내 뒤통수에 악착같이 들러붙는 시선 속의 안도와, 수군대는 낮은 목소리의 악의가 생생하게 느껴졌지. 나와 함께 나눠 갖던 주변의 사심이, 나에 대한 멸시로 얼음 얼듯 빠르게 변해가는 걸 똑똑히 감지할 수 있었어.

나는 뇌레브로역의 큰길가까지 와서야 카메라 가방을 열고, 키트의 포장지가 찢어지지 않게끔 파란 노끈을 조심스럽게 풀어보았지. 우드 우드의 로고가 가운데에 단정하게 박힌, 손바닥만한 나일론 파우치였어. 분명 누구나 갖고 싶어할 만한 물건이었지. 예쁘고, 쓸모 있고, 취향도 유행도 별로 타지 않는 경제적인 아이템. 그렇지만 끽해야 삼사십 유로나 할까. 고작 이거 하나에 온 마음이 매여 쇼에 온전히 마음을 쏟지 못했단 게 억울했어. 더군다나 말끔한 포장지 속에 고이 딸려 온 죄책감이 온당하게 여겨지지 않았지. 물론 내가 그럴 계제가 되기나 했을까. 그래도 훔친 건 아니잖아? 사은품이라고, 내가 가져가지 않았으면 누군가는 가져갔을 공짜. 아니, 차라리 훨씬 더 비싸거나 쉽사리 구할 수 없는 물건이었다면 어땠을까. 그랬다면 보다 간편하게 억울한 마음을 정리할 수 있었을까. 아니면 더 깊은 죄책감이 그나마도 희박한 억울함을 손쉽게 뒤덮어버렸을까. 알 수 없지. 그래, 그런 구차한 생각이 실현되지 못한 갖가지 시나리오로 한참 이어졌어.

그리고 좀체 역사 안으로 들어갈 수 없었지. 더는 그걸 가지고 있고 싶지 않았어, 어디로도 가져가고 싶지 않았어. 당연한 셈이었지. 견물생심이 완전히 해소된 이상 실물 따위야 좀스러운 범죄의 물증일 뿐, 이제 나는 그 합성섬유 쪼가리가 너무 싫어서, 당장 어떻게든 처치하지 않고선 못 배기는 상태가 되어 전전긍긍했던 거야. 그렇다고 아무 쓰레기통에나 던져버릴 순 없었지. 옅은 석유 냄새를 풍기는, 그 반질반질한 새 물건을 오로지 나의 단순 변심으로 갖다 버리는 건 내 번잡한 심경을 외려 더 꼬아놓을 것 같았거든. 그럼 가져가서 누굴 줘버릴까? 그렇게 이 일에 누군가를 저도 몰래 연루시키면, 속내에 번진 이 누런 얼룩이 조금은 옅어질까? 전혀 그럴 것 같지 않았지. 노란 양말이 어디선가 나를 훔쳐보고 있는 것 같았어. 이걸 어딘가에 내동댕이치기만을 기다리면서 어부지리의 기회를 호시탐탐 노리고 있단 근거 없는 확신이 들었지. 그 꼴은 더더욱 볼 수 없었어. 결국 나는 그 골목으로 되돌아가고 말았지. 내게 티켓을 건네준 그녀에게 돌려줄 속셈으로 말이야. 그게 제일 나은 방책으로 여겨졌어. 둘러댈 말이야 대충 어렵잖게 꾸밀 수 있을 것 같았고, 물건을 제자리에 되돌려놓음으로써 잠시 품었던 속된 마음을 대수롭잖게 덜어낼 수 있을 것도 같았지.

하지만 이제 와 최대한으로 솔직해져보자면, 사실 나는 내심 바랐어. 그녀가, 내가 무슨 말을 어떻게 둘러대든지 간에 아무렇잖게, 그걸 그냥 가져가라고 하길 말이야. 어떻게든 허락받고 싶었어. 그렇게 되더라도 여전히 찜찜한 기분은 남겠지만, 적어도 그 전보다는 맘 편히 내 맘대로 갖다 버릴 수 있을 테니까.

하지만 골목에는 이미 아무도 없었지. 불 꺼진 매장 안은 어두웠어. 홀트아동복지회. 홀트아동복지회. 어떡하면 그녀를 찾을 수 있을까. 나는 인도 위에 덩그러니 놓인 간이의자에 마침내 앉아서 어찌할 바를 몰랐지. 오래지 않아 네가 왔어.

"그런데 왜 그렇게 노려봤어요, 날?"

넌 무얼 봤던 걸까.

*

그래, 내가 일 년 뒤 네게 보낸 메일에 이런 이야기는 없었지. 그뒤로도 영영. 그리고 그동안 나는 모두가 아는 내가 되어갔어. 너와 헤어진 그날 나는 우연히 꼴레뜨의 물류창고 뒤에서 빅터와 롤프가 다투는 사진을 찍었고, 무표정이 아닌 그들을 찍었다는 말에 이네스는 적이 흥분했지. 설마, 빅터랑 롤프가 사람들 앞에서 웃기라도 했어? 그 인간들이? 아뇨, 사람들 없는 데에서 싸우고 있었어요. 소리를 지르면서요. 그 얘길 듣고 이네스는 당장 내가 코펜하겐으로 돌아와주길 원했어. 곧 런던으로 출국한다는 말에도 전혀 아랑곳하지 않고 직항 표를 구해주겠다고 했지. 그녀에게 알았다곤 했지만, 악명을 떨치며 커리어를 시작하고 싶진 않았어. 나는 사진을 공짜로 넘기고 크레디트를 포기하는 대가로 이네스의 추천서를 얻었지. 그 정도면 한국서 지면을 얻기에 모자람이 없는 프리패스가 될 거라고 생각했어. 그 생각은 그다지 틀리지 않았고 그다음은 모두가 아는 그대로야. 내 사진을 고르는 잡지가 점차 늘더니 이내 내가 고르는 잡지가 늘어났어. 차연. 그래, 그게 바로 나지.

*

왜 우리는 과거의 어느 한 순간을 회상할 때 현재에서 지나온 시간까지 거슬러가는 것이 아니라 작살을 던지듯 단번에 그 시점으로 뛰어넘어간 뒤 이미 지나온 생의 경로를 답습하며 현재로 되돌아오는 걸까. 그리하여 회상은 너무나도 쉬운 일이야. 이미 정해진 시간의 행로에 그저 의식을 맡기면 그만이니까. 어쩌면 진정으로 과거를 되짚는 것은, 바람에 역행하는 돛단배처럼 대체로 고되고 소득 없는 시도인지 몰라. 현재가 과거와 인과관계를 맺는다고 어떻게 확신할 수 있지? 현재는 미제야. 그래, 그리하여 내가 내가 되었다니, 어불성설이지. 내가 언제까지 그 시절을 파먹고, 과거를 염탐하면서 살 수 있을까. 너를 떠올리는 건 그 답 없는 질문에 성의껏 대꾸하는 난센스일 뿐이야.

한국에 돌아오자마자 나는 동기들 중 누구보다 먼저 휴학을 했고, 어느 때보다 더 자주 예쁜 사람들과 비싼 물건들을 봤지. 낯선 것에 익숙해지는 낯선 감각이 빠르게 무뎌져갔어. 취향은 유형화된 소비 패턴 그 이상도 이하도 아니라는 생각이 자리를 잡았고, 갖고 싶은 게 늘어날수록 이상하게도 사고 싶은 건 줄어갔지. 무얼 살 생각을 하면 너부터 떠올랐어. 물건이라면 완전히 질려버린 듯한 네 표정이. 생긴 대로 산다는 건 얼마나 어려운 일인지, 얼마만큼이나 끔찍한 경험인지. 좋다는 건 다 좋다는 사람들이 다 싫어졌어.

그 무렵에 한 아이와 연애를 시작했지. 이태원에서 걜 찍은 스냅 사진이 『크래커』에 실리고 그게 인기를 끌면서 걔가 몇 차례 모델 제의를 받았고, 에이전시 계약이 이어졌고, 그때마다 걔와 같이 있는 바람에 그렇게 되었어. 우리 둘 다 처음으로 섹스를 했는데, 그래선지 자기 기분보다는 상대의 느낌을 더 궁금해했고, 매번 그걸 확인하면서 관계는 금세 쉽게 틀어졌지. 오래잖아 우리는 서로에게 그간 사귀어본 적 없는 종류의, 그런 친구가 되었어. 할 수 있는 얘기가 늘었지만 대화를 나눌 기회는 줄었지.

그 직후 『맵스』에서 제안이 들어왔어. 파리 패션 위크 때 스냅 작업을 해줬으면 한다고. 나는 단박에 네게 메일을 써야겠다고 생각했지. 다른 게 아니라 너와 우연히 마주칠 게 두려웠어. 다급히 네가 준 『인어공주』를 뒤져 네 메일 주소를 확인하고, 선수 치는 마음으로 조급하게 편지를 썼지. 요즘 들어 메일 발송함에서 그걸 자주 찾아보곤 해. 연락이 늦은 데에 대한 궁색한 변명 하나 없이, 나를 기억하냐는 식의 애먼 소리도 넣어둔 채, 다짜고짜 언제 파리에 있는지, 만날 시간이 있는지 물었지. 그간 바빴다거나 잘 지냈냐는 말 따위도 하지 않았어. 내가 네 소식을 구태여 찾아보지 않아도 얼추 다 알 수 있는 것처럼, 너 또한 내 소식을 대충이나마 알았을 테니까. 그래, 하나둘 늘어가는 내 크레디트가 네 눈에 띄지 않았을 리 없으니까. 너는 한 시간 만에 답장을 보냈지. 내가 부러 하지 않은 말을 모두 다 하면서 말이야. 그리고 튈르리에서 만나자고 했어. 거기서 잠시 산책을 하고 꼴레뜨에 갔다가, 이어서 볼 게 하나 더 있다고 했지. 나는 그 동선이라면 그 와중에 주문받은 일을 거뜬하게 마무리지을 수도 있겠단 생각을 했어. 실상, 그러지 않으려고 무진 애를 썼지.

*

나는 지금 내가 너와 만났던 곳에, 너를 떠올리는 풍경 속에 있다는 사실을 되새긴다. 여기 내가 누워 올려다보는 나무와 나를 덮은 그늘이, 그때도 그다지 다르지 않은 모습으로 이렇게 있었다는 사실을 상기한다. 한번 조경이 완성된 공원은 현상유지를 위해 끊임없이 다듬어질 뿐 쉽사리 변형되지 않는다. 어느 관광객 무리든 어딘지 서로 닮은 구석이 있는 것처럼, 일정한 양식에는 개별적인 차이를 무색하게 만드는 그늘이 있다. 우리는 그 안에서 서로를 알아볼 수 있을까. 아무래도 쉽지 않겠지. 그래서 오히려 나는 확신해. 분명 그때 이 공원에 있었던 그 누군가 또한 지금 나처럼 여기 있을 거라고 말야. 그가 지금 여기에 왜 다시 왔는지 그 이유를 알 순 없지만, 우리는 단지 서로를 알아보지 못할 뿐이지.

*

그날도 아침 공원에는 노인들이 많았어. 레지스탕스의 영웅들은 암구호를 주고받으며 약속된 벤치에 모여 체스를 뒀고, 옛 동지의 변모를 조롱하는 건 주로 훈수 두는 이들의 몫이었지. '소심하게 방금 그게 뭐냐?' 이제 와 보니 그 풍경은, 스테판 에셀이나 다니엘 페낙 같은 꼿꼿한 어르신들이 젊은 세대의 유약함을 성공적으로 꾸짖을, 그 차후의 뚜렷한 전조였던 듯싶어. 노익장을 과시하는 것에 온통 혈안이 되어 있는 그들에게 괜히 애먼 책이라도 잡힐까봐 나는 노심초사하며 가지런히 정리된 관목림 주변을 한참 돌았지. 어느 모로 봐도 맞는 말에 동의할 수 없는 건 너무 가혹해. 어느덧 약속 시간이 되었지.

너는 상하의 나라에서 온 듯 헐렁한 모직 셔츠에 반바지를 입고 분수대 앞에 서 있었어. 나는 네게 밀짚모자를 씌워주면 좋겠다고 생각하면서 쌀쌀하지 않냐고 물으려고 했어. 하지만 네가 와락 껴안는 바람에 그러지 못했지. 레몬색으로 탈색한 단발머리에서 오래된 호텔의 낯익은 샴푸 향이 났지. 나는 네가 어디서 왔는지 알 수 있었어.

우린 공원 모퉁이의 커피 트럭에서 아메리카노 두 잔을 사고선 그게 바닥날 때까지 걸었지. 네가 내게 손깍지를 꼈어. 반가움이라는 환상. 안 본 사이 더 가까워진 기분이 들었지. 네 보폭이 나보다 조금 더 넓어서 살짝 잰걸음으로 걸었어. 그래, 뱁새는 언제나 황새를 쫓으므로 황새는 언제나 뱁새에게 쫓기는 입장이지. 나는 몇 발짝 떨어져 날 돌아보는 너를 여러 컷 찍었어. 사진을 써도 되냐고 물었을 때 넌 그러지 않았으면 좋겠다고 했지. 얼굴이 엉망이라면서 말이야. 나는 그 말이 의외라고 생각했어. 너라면 어쩐지 그런 말을 하지 않을 것 같았거든. 그래도 나는 계속 너를 찍었어. 네 표정이 어두워질 때까지. 그 무렵 널 에워쌌던 얘기들을 몰랐던 건 아니야. 머리색을 바꾼 널 두고, 쟤가 기어이 백인이 되고 싶어 갖은 수를 다 쓴다는 말이 돌았었지. 뒤에서 그런 말을 수군거리는 인간들이 해사한 얼굴로 네 주변을 맴돌았어.

"파리에서 살 거야. 시즌 끝나면 이사하려고."

"좋겠다. 좋은 생각이야. 부럽네, 정말."

"돈을 벌어야 해. 닥치는 대로 가리지 않고. 온라인 쇼핑몰 화보도 찍고 스트리트 프로모션 같은 것도 들어오면 다 할 거야. 여긴 널린 게 그런 거니까."

"그래도 돼? 에이전시에서 싫어하지 않아?"

"시즌 끝나면 계약 깰 거야. 머리색도 내 맘대로 못하게 하는 빌어먹을 회사, 나가야지."

그때 나는 그게 좋은 생각이 아니라고 생각했었어. 어리석은 짓이라고 말이야. 너는 그런 내 속내를 아는지 모르는지 대답 따위 기대도 않는다는 양 멀찍이 앞만 바라봤지. 나는 별생각 없다는 듯 고개만 주억거릴 뿐이었어. 어쩌면 넌 아무 말도 듣고 싶지 않았는지도 몰라. 오로지 네 맘대로 하길 원했을 뿐인지도.

우린 빈 종이컵 두 개를 한데 포개 빈 체스판 위에 올려두곤 곧장 길을 건너 꼴레뜨에 들어갔어. 그리고 손댄 모든 것을 다 살 듯이, 슈프림의 빨간 캡을 뒤집어쓰고 다이슨의 날개 없는 선풍기를 신기해하며 그 타원에 연신 손을 밀어넣었지. 내가 랑방의 새 스니커즈를 신어보려고 하자 너는 이맛살을 찌푸리며 고개를 저었어. 그땐 그게 왜 그렇게 예뻐 보였을까? 내가 그걸 내려놓자 너는 엄지를 세우며 싱긋 웃었지. 그래, 좋아 보이는 걸 좋다고 하면 안 돼. 그건 웃음거리가 될 뿐이야. 뭐든 정말 좋아졌을 때, 굳이 꼭 필요하면 슬쩍 괜찮다고 하는 정도가 알맞아. 누군가의 감식안 따윈 어디까지든 믿지 마. 균형은 미묘한 것, 언제든지 깨지기 십상이지. 너는 그렇게까진 말하지 않았지만 나는 그런 말을 들은 것 같았어.

우리가 거기서 내내 쓰고 있던 캡을 다시 매대 위에 벗어놓았을 때, 한 소년이 한정판 크리스털 베어브릭을 훔치다 보안 요원에게 걸려 밖으로 끌려나갔지. 생각이 먼저였을까 손이 먼저였을까. 나는 그게 얼마나 불가분한지 잘 알아.

"덥다."

내 말에 네가 돌아봤어. 그러곤 내 목에 걸린 카메라를 집어 네 어깨에 걸었지.

"무거워서 그래. 무거우면 더워. 무서우면 춥고."

넌 그 말을 한 뒤 뭐가 그리 웃기는지 혼자 실실 웃었어. 그 얼굴을 보며 나도 따라 웃었고.

"배고프다, 그치?"

"뭐 좀 먹을까? 너 아는 데 많지 않아?"

"뭐 먹을래? 샌드위치? 쌀국수?"

"하하, 무슨 선택지가 그래."

"뭐가?"

"샌드위치랑 쌀국수 중에 고르라니, 좀 웃기잖아. 너 쌀국수 먹고 싶은 거지."

"얘가 뭘 모르네. 아님 하나만 알든가."

"이거 봐, 괜히 딴소리하지 말고 쌀국수 먹으러 가자."

"쌀국수는 네가 먹어, 난 반미 먹을 거니까."

"아."

"거봐, 뭘 모른다니까."

"나눠 먹자, 반반."

"오케이, 서울 코리아."

당최 무슨 뜻인지 몰라도 어째선지 의미가 닿던 너의 어이없는 말들, 그럴싸한 억지와 탁월한 임기응변, 그게 바로 너였어. 그 모든 게 너의 스타일이었어. 우리는 고수를 더 달라고 주문해서 반미의 바게트와 양지 쌀국수 위에 수북이 얹었지. 다디단 아이스티로 입안의 짠맛과 기름기를 단번에 씻어냈어. 송곳니에 걸린 레몬 과육 한 알이 고깃점 속에서 터졌지.

"네가 고수를 좋아해서 다행이다."

"응, 난 처음 먹을 때부터 좋아했어. 다들 뺄 때 그거 나 달라고 했지."

"난 먹다보니 좋아졌는데. 없으면 허전해서 한두 번 찾다가 완전히 빠졌지. 이제는 베트남 음식을 먹는 게 순전히 고수 때문인 것 같애."

"그런데 요즘은 아예 처음부터 빼는 집도 많더라. 사람들이 하도 빼달라고 하니까."

"그런 데 제일 싫어."

"그러니까. 묻지도 않고 말이야. 처음 먹는 사람들은 원래 그런 줄 알겠어."

"그런 게 또 얼마나 많을까?"

"뭐든 흉내내는 건 다 그렇겠지 뭐."

"하여간 이 집 괜찮지 않아?"

"응, 제대로다. 베트남은 안 가봤지만."

"나도. 맛있으면 됐지 뭐."

"아까랑 말이 좀 다른 거 같은데."

"다 먹었으면 그만 가자. 갈 데가 있어."

너는 음식값보다 높은 팁을 테이블에 올려놓고 자리에서 일어났지. 나는 곁눈질로 그걸 확인하는 내가 조금 싫었어. 그 기분을 떨치려 얼른 네 뒤를 따랐지. 밤은 아직 멀었고 볕은 유난해서 그늘을 따라 걸었어. 우리는 징검다리 건너듯 나무 밑에서 또다른 나무 밑으로 발 빠르게 움직였지. 생토노레가에서 샹젤리제로 몰려가는 관광객들의 손에 하나같이 커다란 종이 쇼핑백이 들려 있었어. 거기에 진짜 그 브랜드 제품이 들어 있을지 궁금했지. 왠지 아무것도 없어야 할 것 같았어. 정말 뭔가 그럴싸한 게 들어 있으면, 도리어 속은 기분이 들 것 같았거든. 과시 아닌 과시보다 더 과시적인 것은 없을 거야. 너는 영수증에 딸려 온 박하사탕을 입에 넣으며 프티 팔레에서 이브 생로랑의 2주기 회고전이 열리고 있다고 했어. 남겨진 그의 옛 연인, 피에르 베르주가 재단의 소장품을 대거 공개했다며 말이야. 몇몇 기념비적인 컬렉션도 시대별, 주제별로 정성껏 재현해두었다더라고. 그때 그 옷들을, 이젠 오로지 마네킹들에게만 허락된 그 옷들을 실제로 볼 수 있을 거라고 했지. 이브 생로랑이 만든 이브 생로랑을 실제로 볼 수 있다니 꽤나 흥분되었어.

물론 이브가 세상을 떠나기 몇 해 전부터 그를 대신했던 스테파노 필라티가 그 이름값을 유지하려 최선을 다했다는 데엔 의심의 여지가 없을 거야. 하지만 그럴수록 더욱 확실해지는 건 이브 생로랑이 더이상 그 이브 생로랑이 아니라는 사실뿐이었지. 맞아. 칼 라거펠트가 아무리 오트 쿠튀르를 지배하고 톰 포드가 쉼없이 시장에 마법을 부린대도 샤넬은 어디까지나 샤넬이고 구찌는 여전히 구찌인 것처럼, 필라티의 노력은 생로랑을 제 것으로 만들기 위한 게 아니었지. 그의 컬렉션에선 언제나 어떤 얄팍한 수가 보였어. 이브 생로랑 특유의 스타일을 유지한다는 미명하에 필라티의 옷들은 하나같이 지나치게 우아했거든. 은퇴한 생로랑은 가타부타 말이 없었어. 하여간 우아함에 전적으로 의지하는 사람들이 그의 주고객이었고, 덕분에 필라티는 브랜드 가치를 현상유지하는

데 얼마간 성공했지. 하지만 그가 진짜 제 기량을 선보인 건 오히려 이브 생로랑이 죽은 뒤였어. 그 누구도 그래서라고 말하진 않았지만, 2009-2010 시즌의 이브 생로랑은 그야말로 스테파노 필라티였지. 실루엣은 직선과 곡선 간의 갈등을 은근슬쩍 조장하며 과장과 절제 사이를 극단적으로 오갔고, 야박할 정도로 인색한 디테일은 안 그런 척 능청스레 바이어들의 옆구리를 찔러댔어. 그리고 그가 그렇게 제 능력을 증명할수록 경영진들은 새로운 크리에이티브 디렉터를 물색하기 시작했지. 너도 아마 그런 기미를 눈치챘을 거야. 물론 필라티 자신이 그걸 몰랐을 리 없지. 그는 언제 떠나야 하는지와 어떻게 떠나야 하는지를 정확하게 알고 있었어. 우아한 게 뭔지를 말이야. 난 여전히 그를 좋아해. 아무리 잘해도, 잘하면 잘할수록 가까스로 닮는 것에 불과해져서, 잘할수록 굴욕적인 기분이 뭔지, 이제 나도 잘 알아. 그리고 넌 이미 그때 이에 관한 한 타의 추종을 불허하는 전문가였지.

널찍하고 높다란 프티 팔레의 실내는 시원한 데 비해 그다지 쾌적하진 않았어. 오래된 직물들에 혹여 좀이라도 슬까봐 공기는 아주 파삭하게 메말라 있었지. 계속 나프탈렌 냄새가 맴도는 듯한 착각이 들었어. 나는 눈을 끔벅이며 코를 킁킁댔고 너는 자주 손을 비볐지. 네가 리셉션으로 가서 몇 마디를 하더니 티켓 두 장을 받아왔어. 우리는 어정쩡하게 팔짱을 끼고 안으로 들어갔지. 전시장 입구 천장에는 이브 생로랑의 YSL 로고가 박힌 거대한 검은

휘장이 매달려 있었고, 한쪽 벽에는 그가 스무 살에 그린 만화 캐릭터 '발칙한 루루'가 우리 안에 갇힌 토끼처럼 자그마한 브라운관 속을 정신없이 뛰어다녔어. 그 땅딸한 여자애가 사람들을 고문하고 집에 불을 지르고 알몸으로 발레를 췄지. 이브 생로랑은 루루와 다를 바 없어 발칙하고 우악스럽게 다양한 문화를 그의 옷에 끌어들였어. 디올의 후계자다운 고답한 정장은 물론, 사바나족의 복식을 화려하게 본뜬 장신구들에서부터 민속지학자의 여행 삽화를 베낀 듯한 치파오, 모로칸의 느슨한 튜닉과 전형적인 러시안 페전트블라우스까지 다종다양한 옷차림이 한 무대 위에 파노라마로 펼쳐졌지. 그 장관은 마치 어느 자연사박물관의 대륙관 내벽을 허물어놓은 듯 보였고, 흡사 제국주의자의 식민지 순례를 되짚어가는 기분을 맛보게 했어. 간간이 로런 바콜이나 룰루 드라 팔레즈, 카트린 드뇌브 같은, 이브 생로랑의 뮤즈로 불린 이들의 대형 포스터가 그들과 같은 옷을 입은 마네킹 뒤에 붙어 있었지. 동일한 체형을 한 백색의 여성형 마네킹들은 어딘지 어색하게 손목이 뒤틀려 있었고, 모든 옷은 클리셰였어. 시간이 그것들을 그렇게 만들어놨지.

하지만 그때도 내가 이렇게 생각했을까. 아닐 거야. 그래, 패션에 대한 조롱은 어디까지나 가질 수 없는 것에 대한 원망의 한 표현이지. 그런 의심으로부터 자유로울 수 없어. 그러니까 이제 나는 그 예쁜 것들을 아름답다고 하지도 않겠지만 결코 쉬 낮잡아

보지도 않으려 해. 나는 너와 다르니까. 그 전시장의 회랑에서 너는 이브 생로랑이 패션은 예술이 아니라고 낮잡아 보듯 말하곤 했다는 일화를 들려줬어. 나는 그 얘길 가만히 주워섬겼지. 너는 패션에 도저한 의미를 부여하는 사람들이 징그럽다고 했어.

'이건 어디까지나 순간의 유행이고 결코 영원하지 않아. 언젠가는 반드시 어떻게든 촌스러워지는 거야.'

그렇지만 네 말은 왠지 아이러니했지. 그때 이브 생로랑의 패션이 어디 놓여 있었는지를 생각해보면 말이야. 그래, 좋은 애인은 상대의 자기 비하를 용납하지 못하는 법이지. 피에르는 그러는 이브를 가만 내버려두지 않았어. 기어코 그의 옷들을 누구도 건들 수 없게, 오로지 바라만 볼 수 있게 만들어놓았지. 그러니까 내게 가장 어려운 일은 네가 틀렸다는 걸 인정하는 일이야. 네 말마따나 패션이, 아주 오래전 예술이 나 몰라라 떠넘긴 아름다움의 책무를 저도 모르게 홀로 짊어지고 있는 것뿐이라면, 되레 그 정도 유난이야 이해해줘야 하는 게 아닐까?

그래, 물론 네 말이 맞아. 이젠 그 누구도 예술 따위에 관심을 주지 않아. 누구도 예술로 무엇을 할 수 있을 거라고 기대하지 않아. 예술의 가능성 같은 걸 믿는 이는 더는 없어. 그런 이들의 시절이 있었는지도 모르겠지만, 그랬대도 그건 이미 한참 전에 지나갔지. 데이미언 허스트가 또 무슨 허튼짓을 벌였는지, 제프 쿤스가 얼마나 더 역겨워졌는지, 그 짓거리들이 얼마만큼이나 우스꽝스럽게 경매 기록을 갈아치웠는지 따위는 사람들 생활에 하등 영향을 주지 않아. 그리고 만일 그래서, 그런 것들은 예술이 아니라고 한다면, 그렇다면, 그와 다른 예술은 대체 어디로 숨어든 걸까. 예술이 만들어내는 사건들은 모두 얼마간 은밀한 일이 되었어. 하지만 당장 지방시가 스트리트 디자이너를 새 크리에이티브 디렉터로 영입한다면 그건 얘기가 다르지. 일단 거리의 풍경부터 시나브로 달라질 테니까. 그런 뉴스에 아무 관심이 없는 사람들의 옷장조차 유행을 따라 서서히 바뀌기 마련이고.

그래, 이제 우리에게 남겨진 건 패션뿐이야. 모두가 패션에 지극한 관심을 갖고, 누구나 패션으로 무언가를 이루길 기대해. 어제와 다른 사람이 되길 바라. 그렇게 패션의 가능성을 믿어. 그러니 아무리 패션이 그저 예술의 빈자리를 채우고 있을 따름이라 해도 그 정도는 인정해줘야 하는 게 아닐까. 그날 프티 팔레에서 무엇보다 눈에 띄었던 건, 살 수 없는 그 옷들을 유심히 바라보는 사람들의 시선이었어. 돈이 없거나 정보가 부족하거나 사회적 지위가 떨어져서가 아니라, 어떤 다른 이유로 가질 수 없는 기성품들. 그런 건 처음 봤지. 그런 화중지병이 또 있을까. 그 어디에도 피팅룸은 보이지 않았고, 관객들의 눈길은 편안해 보였지. 특히 너의 눈이 예뻤어.

전시장 출구 상단에서 이브 생로랑의 닳고 닳은 명언이 녹색 네온사인으로 빛났지.

'패션은 사라지지만 스타일은 영원하다.'

나는 그게 무슨 말인지 아직도 잘 이해할 수가 없어. 사라지는 게 좋은 건지, 영원한 게 더 나은 건지 알 수가 없어. 나는 기념품점에서 그의 스케치 노트를 어린이용 컬러링 북으로 편집한 굿즈를 사 네게 선물했지. 너는 YSL 로고가 새겨진 클립을 사서 내 카메라 스트랩에 달아주었고. 네가 손을 뗐을 때, 난 우리가 저 문 밖으로 나가면 헤어지게 될 거라는 걸 알았어.

*

"이제 리허설하러 가야 해."

"오늘은 누구 쇼인데?"

"베로니크 브란퀸호."

"그렇구나. 그래, 재미있게 하고 와."

그때 네가 거짓말을 했다는 걸 알게 된 건 아주 오랜 후였지. 브란퀸호가 리먼 브러더스발 금융 위기의 부수적 피해자였다는 걸, 그로 인해 그 지난해부터 컬렉션을 진행하지 못했었단 걸 그로부터 이 년 뒤 그녀의 복귀 소식을 통해 알았거든. 너는 왜 그랬을까. 묻지 못했어. 그럴 수 없었지. 그땐 이미 우리에게 그런 질문은 아무런 의미가 없었거든.

그렇지만 어쩌면 넌 거짓말을 하려고 했던 게 아니었는지도 모르지. 그저 날 놀릴 심산이었는지도 몰라. 브란쿼호의 불행은 당시에도 퍽 잘 알려져 있었지만 모두가 쉬쉬하는 마당에 속사정까지 아는 이들은 생각보다 적었으니 말야. 너는 단지 내가 개중 하나인지 가늠해보고 싶었던 게 아니었을까. 그렇게 날 또 시험했던 걸까.

이제 와 나는 생각해. 너 또한 내가 거짓말을 하거나 너를 놀리려 한다고 생각했을지 모른다고 말야.

'그래, 재미있게 하고 와.'

너는 내 말을 어떻게 받아들였을까. 내가 아무것도 모른다고? 다 알면서 맞장구쳐준다고? 그러면서 은근히 비꼰다고? 왜냐면 내가 그러는 걸 네가 좋아할 거라고 여겨서? 모르지, 몰라. 나는 아는 게 없어. 네가 그 예쁜 눈으로 내게 싱긋 웃어줬단 것밖에.

그후 며칠 동안 나는 패션쇼가 끝난 뒤 다시 제 옷으로 갈아입고 어디론가 흩어지는 모델들을 찍었고, 그 일련의 스냅사진들이 근한 달 후 'C컷'이라는 표제로 『맵스』에 실렸지. 파파라치 컷 같은 이미지 아래로 한두 마디의 짤막한 인터뷰가 캡션처럼 따라붙었고, 그게 그 시리즈의 흥행을 이끌었어. 유행이 시작되었고, 'C컷'은 그해 연말 단행본으로 묶였지. 그 책은 한동안 도산공원 주변의 편집 숍들, 샌프란시스코 마켓이나 탕고 드 샤, 톰 그레이하운드 같은 곳의 매대 한편에 인테리어 소품으로 비스듬히 비치되어 있었고, 나는 그 덕을 많이 봤어. 일이 끊이지 않았지. 그렇게 또

다시 휴학을 고민하던 차에 네게서 메일을 받았어. 나는 졸업부터 하기로 마음을 굳혔지.

*

너는 파리 5구에 작은 아파트를 구해서 애인과 함께 이사를 했고 또 얼마 전에는 아이슬란드로 여행을 다녀왔다고 했어. 레이캬비크에 착륙하기 전 언뜻 보이던 해안가의 회갈색 토양이 오랜만에 신선한 기분을 불러일으켰다고, 나도 꼭 가봐야 한다고 했지. 이제 웬만해선 그 무엇에서도 낯설다는 느낌을 얻기 어려운데, 외계 행성에서나 볼 수 있을 법한 이질적인 지형을 보니 간만에 그 묘하게 달콤한 이물감이 올라왔다고 말야. 너는 애인과 함께 렌터카를 빌려서 섬의 남동부 해안가를 일주했다고 했어. 셀랴란드스 폭포의 뒷길에선 한 시간 넘게 악을 쓰며 미워하는 인간들을 저주했다고도 했지. 갓 녹은 빙하수를 더럽힌 기분이 들었지만 그래도 후련했다고, 그걸 하기 위해서만이라도 거기에 다시 갈 생각이 있다고 말이야. 그 물속에 내 이름도 섞여들었을까? 왜 그런 생각이 들지?

너는 폭포 근처의 텅 빈 도로변에서 허름한 표지판 하나를 보았고 그 너머 초라한 돌무덤이 고대 바이킹의 유적이라는 걸 알게 되었다고 했어. 너는 애인을 차에 두고 돌무덤 안으로 몸을 밀어넣었고, 그곳에서 돌담에 갇힌 작은 회오리를 발견했다고 했지. 핑크색 츄파춥스 껍질이 한구석에서 무한 동력 기관의 스핀들처럼 쉼없이 뱅뱅거렸다고 말야. 넌 거기서 작고 붉은 돌멩이 하나를 주워 나왔고, 지금은 그걸 창가 책상 위 문진으로 요긴하게 쓰고 있다고 했어. 나는 그걸 보고 싶다고, 갖고 싶다고 생각했지. 구할 수 없는 것은 언제나 날 애타게 해.

너의 짧은 여행기는 그 마지막 밤에 본 오로라로 마무리되었어. 미리 예약해둔 오로라 투어는 소형 버스에 올라 도로를 하릴없이 소요하다가 각 지역에 배치된 관측관들이 특정 구역에 오로라가 나타났다는 무전을 치면 그리로 빠르게 이동하는 거였어. 너는 그게 마치 풍경을 사냥하는 수렵 활동 같았다고 했지. 몰이꾼이 사냥감의 출몰 지역을 전파하는 것과 다를 바 없었다고. 두어 시간 칠흑 속에서 기름만 낭비하던 버스가 마침내 달려간 곳에서는 지평선 근처로 연푸른 기운이 스러지고 있었어. 실망스러웠지. 하지만 네 애인은 하늘을 향해 조리개를 활짝 열고 장시간 노출을 걸었고, 그 재치 덕에 넌 제법 그럴싸한, 어디서 본 듯한 오로라 사진을 건질 수 있었지. 네가 첨부한 사진에는 심해를 유영하는 해파리떼처럼 밤하늘의 끄트머리로 녹색 커튼이 걷히고 있었어. 그 흐릿한 초록빛을 보면서 너는 나를 생각했다고 했지. 사진이 아닌, 밤하늘을 보면서. 그리고 너는 그 누구도 자신보다 더 행복할 순 없다는 말로 편지를 끝맺었지. 나는 네가 어떤 부분은 과장하고 또 어떤 부분은 생략하면서 내게 거짓말을 하고 있다고 생각했어. 뭔가 다른 일이 있었을 거라고, 그게 진짜 중요한 일일 거라고, 실상 알아야 할 건 그뿐이라고 말이야. 내 예감은 틀리지 않았지. 어떻게 그럴 수 있었을까. 지금은 그럴 수 있을까?

*

비둘기 한 마리가 내게 올 듯싶더니 정말로 내 신발 밑창을 부리로 몇 번 쪼고 간다. 나는 비둘기의 마음을 읽은 것도 같고 혹은 비둘기의 마음을 조종한 것 같기도 하다. 무슨 일이 일어나기 전에 전조를 감지하는 건 본능일까, 아니면 부지불식간에 쌓인 산발적인 경험의 종합일까. 나는 여전히 여기 가만히 누워, 앞으로 무슨 일이 일어날지 짐작해본다. 하지만 막막하기만 할 뿐, 짐작할 수 있는 모든 게 대수롭지 않게 여겨진다. 진짜 중요한 일은 조금도 상상할 수 없다. 그러니까 너에 관한 것은. 그래서 너는 그렇게 쉽게 나를 놀래곤 했지.

네게서 메일을 받고 오래잖아 나 역시 다른 이들과 마찬가지로 네 은퇴 소식을 기사로 접했어. 그때 너는 고티에 쇼를 마치고 프레스 라인을 피해 팔레 드 도쿄의 뒷길로 화장도 지우지 않은 채 빠져나가고 있었고, 너를 모리배처럼 기다리고 있던 『보자르』의 디지털 에디터가 단독을 얻었지. 넌 그의 카메라를 피하지 않았어. 대신 이브 생로랑의 말을 한 차례 더 닮게 했지. 패셔니스타보다는 스타일리스트로 살겠다고, 너의 브랜드를 론칭할 거라고 말이야. 너는 짐짓 화가 난 목소리로 말을 이었어.

"모델 뒤에 가장 많이 따라붙는 말이 뭔지 알아요? 패션도 스타일도, 아이콘도 뮤즈도 아니에요. 출신이죠. 모델 출신. 이것보다 수명이 짧은 직업은 아마 또 없을 거예요. 운동선수도 이보다 더할 순 없을걸요? 모델은 어느새 배우가 되거나 가수가 되고, 그것도 아니면 그저 정체 모를 셀럽이 돼요. 혹은 아예 딴 동네로 가든가. 물론 다른 커리어를 찾는 게 문제라는 건 아녜요. 당연히 세상에 한 가지 일만 해야 한다는 법은 없죠. 하지만 이곳의 문제는, 그 한 가지 일만 하면 안 된다는 거예요. 어떤 분야가 됐건 대개는 딴 데 한눈팔지 말고 꾸준히 하라고 하잖아요. 그런데 여긴 시종 딴 곳으로 눈을 돌리게 만들어요. 좀 이상하지 않아요? 그게 자연스러운 수순이라는 거 말이에요. 나 역시 마찬가지예요. 모델 일을 영영 할 순 없다는 걸 알아요. 한때는 끝까지 모델로 남는 그런 롤 모델이 되고 싶기도 했지만 금세 정신을 차렸죠. 옷에 맞는 모델이 있을 뿐이지 모델에 맞는 옷은 없다는 걸 이 바닥에서 일하면서 어떻게 모를 수 있겠어요? 물론 모른 척할 수는 있겠죠. 하지만 이제 끝이에요. 난 내 옷을 만들 거예요. 모두를 위한 옷을요."

난 네 말에 붙은 따옴표를 보다가 브라우저를 닫았지. 그리고 입술을 삐죽 내밀었어. 네가 재능만 믿고 멋모르고 날뛰는 것처럼 보였지. 눈 돌릴 여지가 아무에게나 주어지는 건 아니니까. 네 애인이 어떤 인간인지 의심스러웠어. 그쪽으로 불똥이 튄 거지.

얼마간 온오프라인으로 딱 예상한 만큼의 험담이 오간 뒤 네게서 연락이 왔어. 같이 작업을 하자고. 그날 밤 나는 스카이프를 걸어, 픽셀이 고르지 않은 액정 화면 속에서 네 작은 얼굴을 뜯어보았지.

"이렇게 보니 재밌네."

"놀랐지?"

"어, 조금."

"서운했어?"

"음, 아니라곤 못하겠고. 솔직히 말하면 처음엔 그럴 수 있다고 생각했는데, 갑자기 이렇게 같이 뭘 하자고 하니까 서운한 기분이 드네. 무슨 생각이 있었음 미리 귀띔이라도 좀 해주지."

"그래, 네 기분 이해해. 미안해. 어쩌다 그렇게 돼버렸어."

"어쩌다라니? 넌 이게 어쩌다 그럴 수 있는 거야?"

"그렇게 됐어. 말이 그렇게 나와버렸어."

"저기, 미안. 근데 진짜 어이없다. 어떻게 은퇴한다는 말이 그렇게 어쩌다 튀어나올 수 있어?"

난 왜 그다지도 화가 났었을까. 액정 속의 네 얼굴이 이지러졌지. 화면에 남은 십 초 전, 이십 초 전의 너와 현재의 네가 엉망진창으로 뒤섞였고, 그 괴이한 잔상이 90년대 B급 호러 영화의 조악

한 CG 효과를 연상시켰어. 이내 화면이 제품에 말끔히 조정되었지. 그새 네 앞머리가 옆으로 걷혀 있었어.

"너, 그 인간이 나한테 뭐라고 물어봤는지 알아? 내가 한 말이 무슨 질문에 대한 답인지 말야."

"내가 어떻게 알겠어."

"그래, 잘라먹었으니까. 그런 건 아무도 궁금해하지 않을 거니까. 다들 짐작조차 안 할 테니까."

"대체 뭐라고 했는데."

너는 잠시 숨을 골랐지. 나는 조급했어. 이어질 말 한마디로 네가 나를 완벽하게 납득시키길, 압도하길 바랐지. 우리 관계가 역전될까봐 두려웠어. 설령 사이가 틀어지더라도 그것만은 싫었어. 너와 나 사이에 단 하나 내가 바랐던 게 있다면 그거였으니까. 넌 짐짓 딴 곳을 보며, 누군가를 따라 하는 게 아닌, 그렇다고 원래의 네 목소리도 아닌 밋밋한 톤으로 말했어.

"다민, 점점 더 패셔너블해지네요. 헤어, 메이크업, 포즈, 제스처까지 하나하나 다. 이제 거의 완벽한데요? 뭘 어떻게 한 거죠?"

*

그러고 나서 너는 접속을 끊었지. 아니, 절로 끊어진 거였을까. 그랬다면 거의 완벽한 타이밍이었다고 할 수 있겠지. 만감이 교차하지 않은 적이 있니. 원치 않는 것을 잘한다는 굴욕, 완벽에 가까워질수록 또렷해지는, 그에 이를 수는 없다는 자각, 적당히 좋은 것보단 확실히 나쁜 게 낫다는 확신, 그런 오만 가지 정념이 대중없이 섞어 마신 술처럼 한데 버무려져서, 그렇게 우발적인 말로 네 속을 게워내게 했을까.

넌 분별없이 말했지. 난 무언가를 완벽하게 소화하고 싶은 게 아니라고. 그보다는 그럴 필요를 없애고 싶다고. 모든 유행을 끝내고 싶다고. 그리고 너는, 너를 또한 모두를 위한 옷을 만들겠다고 했어. 그래, 그럼 나는 그 모두에 속할 수 있을까. 네가 나고, 우리 모두일 수 있을까? 어떻게? 숨겨진 진실로 나를 압도하지 마. 모두가 너처럼 할 수 있는 건 아니니까.

다음날 나는 네게 메일을 보냈지. 내가 뭘 하면 되겠냐고, 곧 학교로 돌아가야 해서 길게 도와주긴 어렵다고.

*

난 며칠 동안 네 답장을 기다렸어. 그사이 디올의 크리에이티브 디렉터 존 갈리아노가 사고를 쳤지. 그는 파리의 한 카페에서 술에 취해 옆 테이블의 한 유대인 여성에게, 넌 못생겼고 너같이 생긴 네 어머니나 조상들은 수용소에서 가스를 마셨을 거라고, 난 히틀러를 사랑한다고, 그렇게 자기 자신에 대한 진심어린 애증을

웅변적으로 드러냈어. 천만다행으로 그 장면을 촬영한 이가 있었고, 디올의 얼굴을 맡고 있던 배우 내털리 포트먼은 즉각 그와 관련한 일체의 활동을 중단하겠다고 발표했지. 곧이어 디올의 대표 시드니 톨레다노는 갈리아노를 비난하며 발 빠르게 그를 해고했고, 이로써 거리의 풍경은 전례없이 빠르고 전폭적으로 수정되었어. 특히 그가 가장 즐겨 사용하던 종이 신문 이미지의 프린트는 일거에 모든 직물의 표면에서 자취를 감췄지. 너는 그 종이 신문 이미지로 뒤덮인 스커트와 몇 벌의 속옷을 천 가위로 잘게 찢고도 분이 안 풀려서 그걸 며칠째 화장실 휴지 대신 쓰고 있다고 답장을 보냈어. 아름답다고 여겨지는 것들은 그렇게 언제든 추해질 가능성을 품고 있기에, 우리는 차라리 일견 예뻐 보이는 것들에 보다 적극적으로 마음을 주는지도 모르겠어. 예쁜 건 좀체 변하지 않아. 가령 나이키의 로고 같은 거 말야.

하여간 그 일 때문이었을까. 너는 내 눈에 예뻐 보이는 물건들을 찍어서 보내달라고 했어. 예쁜 걸로 뭘 좀 해보고 싶다고, 그러기 위해선 내 눈이 필요하다고 말이야. 자기는 이미 눈을 버렸기 때문에 내 눈으로 세상을 볼 필요가 있다고 했지. 일리 있는 얘기였어. 네가 스카이프를 걸어왔지. 우리는 웃는 얼굴로 마주보았어. 같이 욕할 대상이 있다는 게 어찌나 다행스럽던지. 갈리아노의 잘 다듬은 콧수염에 대해 한참 이죽거린 다음 너는 내게 물었지.

"예쁜 것들을 한데 모아놓으면 더 예쁠까? 장식장에 줄 세운 도

자기 인형처럼 말이야."

"음, 원래 뭐든 모여 있으면 예뻐 보이지 않아? 비슷한 것들끼리."

"잘 쌓아놓은 초밥 그릇 같은 거?"

"응, 신상품이 가지런히 진열된 슈퍼마켓 매대를 보면 괜히 뿌듯하고 만족스럽잖아. 그런 거 예쁘지 않아?"

"보기에 좋더라?"

"세상에, 설마 너 크리스천이야?"

"설마. 그래도 성경 읽는 건 좋아해. 아무튼 그건 됐고, 그럼 비슷하지 않은 것들은? 그런 걸 모아놓으면 어떤 것 같애? 지저분하고 정신없어 보이나? 대개 그렇잖아. 망친 코디처럼."

"그래도 어울리면 괜찮지 않아? 왜 하몽이랑 망고, 오징어 땅콩 뭐 그런 거 있잖아."

"아니, 그런 이질적인 조합, 미녀와 야수, 그런 거 말고. 아예 조화롭지 않은 거 말야."

"그런 게 있나, 예쁜 것들은 웬만해선 어떻게든 서로 잘 달라붙지 않아? 아닌가?"

"흠, 가령 멤버 하나하나는 다 개성 있고 매력적인데 어쩐지 잘 안 되는 아이돌 그룹 같은 거?"

"아, 보기엔 그럴싸해 보이는데 왠지 모르게 절대 안 뜨는 애들?"

"응, 딱 맞지는 않는데, 뭐랄까, 순서가 틀렸다고 해야 할까."

"순서?"

"하나하나 좋은 걸 죄다 모아놔서 엉망진창인 게 아니라, 그것들을 모아놓는 방식이 문제인 게 아닐까? 왜 포커에서도 패는 좋은데 엮는 순서가 젬병이면 말짱 꽝이잖아."

"나 포커 안 해서 몰라. 그래도 무슨 말인지는 대충 알겠어. 재료보단 레시피, 뭐 그런 거 아냐?"

"그러니까 내가 해보려는 건 이런 거야. 좋은 패를 쥐고도 지는 거."

"흠, 뭔 말인지는 대충 알겠는데, 왜 그런 거를 하려는 건지 모르겠네. 다 된 밥에 재 뿌리는 거 아냐? 적당히 괜찮은 건 어떻게든 노력하면 얼추 만들 수 있겠지만, 완전히 망치려면 뭘 어떻게 해야 하는지 누가 어떻게 알겠어. 수능에서 3번만 찍어도 빵점은 안 나온다잖아. 그게 만점만큼 어렵다고."

"난 수능을 안 쳐서 모르겠다. 그럼 이건 어때. 좀 이상하게 생각할 수 있는데, 난 너무 맛있는 음식은 좀 역겨워. 만듦새가 너무 야무져도 징그럽고. 그렇게까지 하는 심리를 생각해보면, 뭐랄까, 이래도 좋아하지 않을 거야? 하고 강요하는 것 같고."

"어떻게든 남들보다 더 맛있게 만들려고 갖은 수를 다 썼을 걸 생각하니 끔찍하고?"

"어어, 맞아. 속는 것 같아. 어떻게 하면 맛있다고 느낄지 집요하게 연구해서, 상대의 약점을 파고들듯 내 미각을 가지고 노는 거. 중독되게 만드는 거, 계속 생각나게 만드는 거. 기분 나빠."

"너도 참 하여간. 근데 맛집에 가는 건 그래서 아냐? 미각을 만족시키려고? 음식 만드는 사람 입장에선 손님들이 그러려고 돈 내고 왔는데 당연히 그래야 하는 거 아니겠어? 그리고 그런 걸 만들려고 들인 노력이 있을 거 아냐. 그걸 굳이 어그러뜨릴 필요가 있을까?"

"응, 난 그렇게 생각해. 고수를 뺀 쌀국수처럼 결국 맛있으면 유행하게 돼 있거든. 그러다보면 다 엇비슷해져. 어딘가에 맞추게 되지. 맛있다는 게 절대적인 기준이 있는 게 아닌데 그렇게 되어버려. 내 맛도 니 맛도 아닌, 그저 모두에게 당연하게 맛있는 게 되는 거야. 그럴 수밖에 없는 게, 꼭 그래야 하는 게. 그리고 그렇지 않은 건 맛이 없다거나 더 나아가서 태만한 걸로 여겨지지."

"난 지금 네가 좀 비약하는 것 같아. 좋은 게 좋다는 게 아니라, 좋은 재료를 써서 잘 만들면 맛있어질 수밖에 없지 않겠어? 일부러 맛없게 만드는 게 더 나쁘지."

"그래, 무슨 말인지 알아. 그래, 그러니까 난 그 나쁜 걸 하고 싶단 거야. 그런 게 가능하다는 걸 보여주고 싶어. 나쁜 짓을 할 수 있단 거. 아무도 안 그러잖아. 다들 착해빠졌어. 고분고분하게 먹고 마시고 웃고 입고 벗고. 지겨워. 난 더는 그렇게 못해. 그러니까 일단 예쁜 걸 모아줘. 내가 망쳐볼게, 되는 데까지."

그래, 너는 현실을 다 잊었던 거니. 나는 손에 쥔 잎사귀를 내려놓고 다시 눈을 감는다. 그때 네가 화면 속에서 사라지던 순간을 떠올린다. 나는 네 눈을 읽는다. 나는 너를 사랑한다. 나는 이를 알고, 부정하지 않는다. 그러나 그 사랑을 실천하지도 또 거부하지도 않는다. 나는 너에 대한 나의 마음을 방치한다. 네 말을 듣는다. 믿는다. 누군가가 좋아지면 괴롭지. 좋아하고 싶지 않을 만큼. 그렇게 넌 내게 무언가를 싫어하는 법을 알려줬어. 너는 왜 늘 내 환상을 깨지 못해 안달이었던 걸까. 그게 내 현실인데.

맞아, 유행을 만든다는 거 말야, 무언가 증식하도록 내버려두는 거. 그거 정말 악취미야. 따라 하게 만드는 거. 안 그러면 안 될 것처럼 만들어놓는 거. 어느새 절로 그러고 있게 만드는 거. 기어이 내가 내가 아니게끔 만들어놓는 거. 그거 정말 못된 거야. 그런 유행은 한번 시작되면 걷잡을 수가 없지. 그게 거리와 매대와 지면과 화면에 뚜렷한 형상을 갖추고 등장하기 시작하는 순간, 이는 멈추지 않고 사람들을 갈라놔. 유행을 아는 자, 그리해서 이를 따르는 자와 따르지 않는 자, 그리고 유행을 모르는 자, 그리하여 이와 무관한 자로 말이야.

하지만 유행을 따르건 따르지 않건 이를 의식하고 있는 건 마찬가지기 때문에 둘은 실상 별반 다를 바가 없지. 따라서 유행은 다시 선도하는 자와 편승하는 자로 사람들을 세분해. 그렇다면 유행을 끝내는 건 누굴까. 유행을 모르는 사람들? 혹은 너무 잘 아는 사람들? 너는 개중 어디에 속해 있었니? 나는 어디에 있었던 것 같아? 나는 네가 이도 저도 아니었던 것 같아. 그러니까 넌 유행을 알면서도 모른 체하고 모르면서도 아는 척했어.

"다민아, 네가 아무리 패션을 조롱하고 낮잡아 보고 배신하고 까뒤집는대도 패션에는 조금도 흠집이 나지 않아. 티도 안 나. 오히려 네가 그러는 걸 또다른 멋으로 삼을걸? 마크 제이콥스 봐봐. 그가 신나게 선도했던 안티 패션이 어떻게 다시 패션에 잡아먹혔는지. 그게 패션이야. 네가 하고 싶은 게 그거야? 세상에 아름다워지고 싶은 사람들이 있는 한 절대 안 변해, 패션은."

"차연아, 나도 알아. 그런데 말야, 난 여기에 추구해야 할 아름다움 따윈 없다고 생각해. 간혹가다 우리가 얘기한 예쁜 것들만이 있을 뿐이지. 그래, 나는 패션이 아름다움이라는 루머를 어떻게 퍼뜨렸는지 너무 잘 알아. 그러니까 난 지금 예쁨이 아름다움의 자리를 차지할 수 있도록 그 나쁜 일을 저지르겠단 거야. 예쁜 걸 모아놓고도 아름답지 않을 수 있단 걸 보여줄 거야. 어떤 이상적인 무언가가 있단 착각을 깨뜨릴 거야."

예쁜 너의 그 아름다운 과대망상을, 나쁜 나는 끝내 깨뜨리지 못했지.

*

지퍼, 단추, 매듭.

내가 널 위해 찍은 예쁜 것들. 나는 그런 것들을 애호했어. 닫고 여는 것들, 여미고 푸는 것들, 묶고 끄르는 것들을. 허리춤에서 턱 밑까지 지퍼를 올릴 때 손목에 여리게 전해지는 진동이나 첫 단추를 잘못 끼웠을 때의 빽빽함, 신발끈의 리본 매듭이 잘 잡힐 때 드는 안정감까지, 그 세세한 감각들이 내게 있어선 옷 입기의 거의 모든 즐거움이라고 할 수 있을 거야. 나는 아직 치우지 않은 할머니의 옷장을 열어, 당신이 즐겨 입던 트위드 재킷의 호박 단추를 하나 뜯었어. 그리고 서랍장을 뒤져 중학생 때 입던 리바이스 501을 찾았지. 그때 내가 초 칠한 지퍼는 여전히 반질거렸고 그만큼 부드럽게 여닫혔어. 물론 옷은 더이상 맞지 않았지. 나는 정연하게 이가 물린 그 한 뼘의 지퍼를 클로즈업으로 찍었어. 다른 옷장에선 마고자와 저고리의 옷고름을, 또 어머니가 지어준 색동저고리의 동정을 찾았고, 나중에 다시 매기 쉽게 윈저 노트가 잡힌 채 문고리에 걸려 있는 아버지의 감색 넥타이도 발견했지. 옛 애인이 선물해준 브래지어의 후크와, 쓸모를 잃은 채 그저 관습적으로 달린 옥스퍼드 셔츠의 깃 단추도 가까이 찍었어. 그리고 한 가지 깨달았지. 지퍼와 단추와 매듭은 그 뚜렷한 기능에도 불구하고 어디까지나 장식적이라는 걸 말이야. 지퍼 대신 단추가 있을 수 있고 단추 대신 끈으로 매듭을 지을 수도 있다는 게 새삼 새롭게 여겨졌어. 그것들은 선택적인 만큼 각기 다른 어떤 예쁨을 추구하고 있었지. 그 선택이 옷을 완성시킨다는 사실을 알 수 있었어. 액세서리를 고르는 게 치장의 마지막 순서이듯 장식은 언제나 마무리를 뜻하지.

옛 애인이 나를 도산공원 근처의 한 아틀리에로 데려갔어. 그가 쇼 전에 자주 치수를 재러 가는 곳이었는데, 나는 걔가 매번 제 옷도 아닌 옷을 입기 위해 재단사에게 몸을 맡기는 기분이 어떤지 궁금하곤 했지. 그 생각이 떠올라 물었더니 별다른 생각을 한 적이 없다고 하더군. 너는 어땠을까. 그때 너는 무슨 생각으로 등 쪽 어딘가에 옷핀을 꽂은 채 군악대의 뒤를 따라갔었니. 걔는 아틀리에 한편에 다발로 쌓여 있는 트렌치코트의 허리끈을 가져와 내게 보여줬어. 나는 타공마다 니켈 징이 박힌 그 두꺼운 벨트를 네댓 개씩 얼기설기 엮어서 커다란 총체를 만들어 천장에 매달았지. 장사가 잘되는 수선집의 풍경이 금세 만들어졌고, 왠지 썩 괜찮은 인테리어라는 생각이 들었어. 그리고 이 모든 것들의 이미지를 압축 파일 하나에 담아 네게 보냈지. 너는 그것들을 최선을 다해 망치기 시작했어.

2장
현재

좋은 옷은 행복의 나라로 가는 여권이다.

이브 생로랑

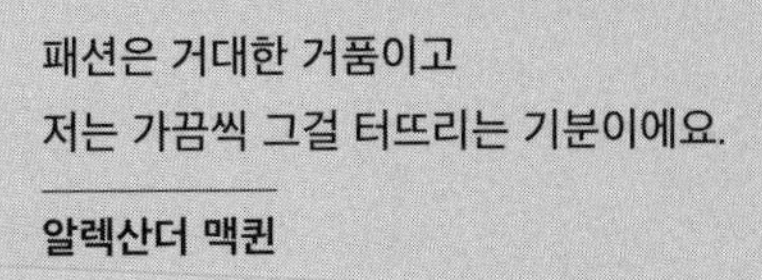

패션은 거대한 거품이고
저는 가끔씩 그걸 터뜨리는 기분이에요.

알렉산더 맥퀸

패션계가 자아를 키우다보니
부작용을 낳는 거죠.

조디 키드

여름에 떠난 이들은 영원히 여름에 살지. 우리가 여름에도 여름을 그리워하기 시작한 까닭은 그것이 곧 사라질 것을 예감하기 때문이야. 다른 계절이 오는 탓이 아니라 다른 여름이 영영 오지 않을까봐. 미세 먼지가 하늘을 뒤덮기 시작했을 무렵부터 맹렬하게 청량감에 목말라했던 것도 그 때문이지. 세계는 점차 뜨거워지고, 그럴수록 아이러니하게도 한없이 지속될 겨울을 예감하게 돼. 볼품없던 봄, 가을보다 여름이 더 빠르게 사그라질 줄이야. 하지만 실은 우리 모두 알고 있었지. 가장 강렬한 것이 가장 먼저 소실된다는 것을. 스스로를 전소시킨 계절이 다 지나가면 그때 우리는 어떤 옷을 꺼내 입을까. 옷장에 남아 있는 게 없어.

*

그 안개 낀 겨울날, 내가 파리에 있는 너의 아파트에 찾아갔을 때 너는 발코니에 나가 담배를 피웠지. 담배 연기와 입김이 안개에 뒤섞이면서, 자신과 자신으로 인한 것이 대기의 일부가 되는 듯한 기분이 좋다고 했어. 그래서 저도 모르게 줄담배를 피우게 되고, 종내 어지러워져서 그런 기분이 더해진다고. 넌 결국 헛구역질을 하고 나서야 방안으로 들어왔지. 어리석다, 진짜 멍청하다, 그런 혼잣말을 하면서 말이야.

너는 내게 어디 묵냐고 물었지. 그러곤 파리를 즐기는 최고의 방법은, 전망 좋은 방을 잡아서 아무데도 가지 않고 창밖만 바라보는 거라고 했어. 거리로 나가고, 사람을 만나고, 유명 식당을 찾아다니고, 전시나 공연 따위를 관람해서는 이 도시의 참모습을 볼 수 없다고. 영영 기만당할 뿐이라고. 그러는 데 쓸 돈이 있으면 차라리 전망 좋은 방을 잡는 데 보태는 게 훨씬 더 낫다고 했지.

2017년 12월 20일, 꼴레뜨가 문을 닫던 날, 나는 그제야 너의 그 뒤틀린 생각이 옳았다는 걸 알았어. 모든 새로운 물건들의 데뷔 무대, 칼 라거펠트가 유일하게 쇼핑을 하러 가던 그 만물상이 영영 사라졌지. 피에르 베르주가 죽은 지 세 달 뒤였어. 그리고 그 빈자리엔 이브 생로랑의 새 매장이 들어섰지. 전혀 아이러니하지 않았어. 변증법을 손쉽게 가르치기 위한 적절한 예시를 만들기 위해 온 패션계가 작당 모의를 한 것 같았지. 한 시대가 저문다는 게 원래 그런 건가. 어쨌거나 너는 이 꼴을 보지 못했지. 좋아했을까, 싫어했을까. 아니면 별 관심이 없었을까. 모르겠어. 난 그래도 네가 아쉬워하긴 했을 거라고 생각해. 그랬길 바라.

네가 그 아파트를 떠났을 때, 네가 읽던 미셸 우엘벡에 꽂힌 책갈피는 중간을 겨우 넘기고 있었지. 후에 그걸 발견한 네 애인은 내게 그 얘길 하며 나머지를 자신이 읽겠다고 했어. 그는 그 말이 로맨틱하다고 생각했을까? 하지만 그는 네가 언제 그 페이지에 이르렀고 거기에 얼마나 머물렀는지조차 전혀 알지 못했지. 반면 나는 그 책갈피가 언제 꽂혔는지 정확하게 기억해. 내가 호텔 룸을 전망 좋은 방으로 바꾼 날이었어. 나는 짐을 풀자마자 미니바에 있던 웰컴 와인과 치즈 큐브를 챙겨서 네 아파트로 갔고, 너는 그 책을 읽고 있었지. 너는 그가 좋다고 했어. 나는 여성을 혐오한다고 공공연히 말하고 다니는 작자가 어디가 좋냐고, 너 바보 아니냐고 대꾸했지. 와인을 따면서 말이야. 너는 치즈 큐브의 포장지를 벗기면서 입에 물고 있던 책갈피를 뱉곤 상냥하게 말했어. 대놓고 말하는 사람 중에 정말로 그런 인간은 없다고.

"봐봐. 자기가 게으르다고 말하는 사람들은 다 부지런한 인간들이야. 게으르단 생각을 왜 하겠어. 진짜로 게으른 사람들은 기껏해봤자 자기 성격이 느긋하다고 생각하는 정도지. 원래 그래, 사람이라는 게 말야. 마찬가지야. 그 정도면 자긴 그렇지 않다고 우기는 인간들보다야 낫겠지. 그나마."

그나마라. 모르겠어. 나는 아직도 동의할 수가 없어. 너는 책을 덮었지. 그때 그 책갈피가 바로 그 자리에 꽂혔던 걸 기억해. 내가 네 독서를 끊어놓았던 걸까. 그렇다면 나와 달리 너는 내게 동의했던 걸로 기억해도 될까.

애인의 행방을 묻는 내게 너는 어깨를 한 번 으쓱할 뿐이었지. 순간 난 그가 다른 사람과 함께 있다는 걸 확신할 수 있었는데 그건 전적으로 너의 애매모호한 태도 때문이었어. 어딨는지 모를 리가. 말하기 싫거나 말할 수 없는 데엔 그만한 이유가 있는 법이지. 거기다 그만한 이유랄 게 별게 있나 싶어할 만큼 내 상상력은 별 볼 일 없는 수준이었어. 하여간 와인이 너무 달았지. 숙취가 심할 게 뻔했어. 여러모로 들쩍지근했지.

우리는 결국 자포자기한 심정이 돼서 집안에 있는 알코올이란 알코올은 죄다 꺼내 마셨고, 그렇다고 대단한 양이랄 건 못 돼서 아주 맛이 가지는 않았어. 다만 주종을 너무 잡다하게 섞은 게 문제였지. 그때는, 그럴 땐 적어도 차례로 도수를 높여가야 한다는 것조차 몰랐어. 먼저 입가심을 한답시고 맥주를 마신 다음 곧장 보드카 샘플러를 땄으니 말 다 했지. 뭐든 실수인 줄 알면 누가 실수를 하겠어? 둘 다 머리가 아파와서 오만상을 찌푸리고 다짜고짜 소파에 엇갈려 누워버렸지. 그러다 문득 네가 벌떡 일어나더니 휘적휘적 화장실로 가 뚜껑 열린 플라스틱 휴지통을 가져와선 내 옆에 놓았어.

"너 토할 거잖아."

나도 그럴 줄 알았지. 한데, 빌어먹을, 아무것도 안 나오는 거야. 얼마나 됐을까. 네 애인이 와서 그 꼴을 봤지. 어찌나 다행스럽던지. 내가 덜 취했다는 사실이 말이야. 그는 네게서 대충 상황을 듣더니 별거 아니라는 얼굴로 캐리어에 숨겨뒀던 위스키를 가져와서 글라스에 삼분의 일씩 따라 우리에게 건넸어. 에라 모르겠다 싶었지. 그런데 웬걸, 관자놀이에 피떡처럼 뭉쳐 있던 통증이 스텐트 시술이라도 받은 듯 당장에 녹아 없어지는 거야. 그날 그거 하나는 제대로 배웠지. 해장술의 유용함 말이야. 하지만 제대로 기억해야 할 건 따로 있어. 그가 위스키를 숨겨뒀었단 사실. 나는 내 빈약한 상상력이 아주 쓸모없지는 않다는 생각을 했어. 좀 못됐지. 내가 간 다음 무슨 일이 있었는지는 몰라. 두통이 가라앉은 뒤에 무슨 얘기를 나눴었는지도 사실 잘 모르겠어. 지금 기억에 남아 있는 네 말은 이거 하나야.

"야, 이게 발렌타인 21년산이잖아. 근데 여기 뒤에 보니까 2003년 병입이라고 쓰여 있거든? 그럼 지금이 2012년이니까 이제 딱 발렌타인 30년산이 된 건가? 그런 거야? 그치?"

*

나는 네 말을 떠올리며 미소 짓는다. 구름에 잠시 해가 가렸다 나온다. 사라진 그늘에 덮여 있던 지역의 범위는 어디에서부터 어디까지일까. 거기에 얼마나 많은 사람들이 들어 있었을까.

*

다음날 너는 부은 얼굴로 네가 지난 일 년 동안 망친 것들을 보여주었어. 첫인상이 좋았지. 추했어. 지퍼가 있어야 할 자리에 매듭이 있고, 매듭이 있어야 할 자리에 단추가 있고, 단추가 있어야 할 자리에 지퍼가 있었지. 그것만으로도 추했어. 끈으로 묶어 입는 청바지와 지퍼로 여미는 블라우스, 단추로 발목을 조이는 단화는 다름아니라 불편해 보였지. 멋부릴 때의 기꺼운 불편함이 아닌, 그처럼 도식적인 교차를 통해 얻은 불편함이 다분히 억지스러워 보였어. 의도가 느껴졌지.

그래, 그것들은 아직 디자인 스케치와 세부 묘사도에 지나지 않았지만, 억세게 맞물린 지퍼 톱니와 목탄색으로 염색한 명주 장식끈, 나비가 양각된 에나멜 단추는 단지 그 자체로만 낱낱이 예뻤어. 그뿐 아니라 내가 보내준 사진들은 나름의 콜라주 작업을 거쳐 생각보다 더 지저분한 이미지로 흰 티셔츠에 탁하게 프린트되어 있었지. 구매욕은커녕 한번 걸쳐나 볼까 하는 맘조차 동하지 않았어. 총체적 난국이랄까. 돋보기로 볼 때만 예쁜 구석이 보여서 아예 한쪽 눈을 감고 보는 게 더 나을 듯싶었지. 너는 지퍼, 단추, 매듭의 아이디어가 너무 마음에 들었다는, 골백번 했던 그 말을 내게 누차 했어.

"어때?"

"완전히 망친 거 같은데?"

"그치, 어디 그럴싸한 구석이 있을까봐 보통 신경이 쓰이는 게 아니더라고. 다행히 이제 거의 완벽하게 별로인 거 같아."

"근데 막상 옷을 지으면 의외로 괜찮거나 그렇지 않을까?"

"나도 그게 걱정이야. 아틀리에에서 제대로 만들어줄까? 아니, 정말 제대로 만들면 어떡해."

"하, 걱정도 팔자다, 정말."

"아니, 실은 아틀리에는 고사하고 재봉사, 재단사 구하는 것도 좀 문제네."

"왜, 사람이 없어? 아니면 비싸서?"

"아니, 뭐 그런 것도 있지만, 그보단 그 사람들을 끌어들이는 게 좀 마음에 걸리네."

"뭐가, 나쁜 일이라서?"

"그렇잖아. 그 사람들은 디자이너가 의뢰한 대로 야무지게 만들어내는 게 일인데, 그런 장인들한테 일부러 망치려는 물건을 만들어달라고 주문한다는 게 맘이 썩 편치는 않아."

"그렇게나 양심적인 사람이 나는 잘도 끌어들였네."

"너는, 너는 내가 사랑하니까 이 정도는 감수해야 하고."

"됐고, 그래서 계획이 뭐야?"

"이대 앞에 우리옷수선이라고, 거기 최사장님이 진짜 옷을 잘 고치시거든. 그럴싸하게 잘 고쳐주는 데야 여기저기 널리고 널렸지만, 원하는 대로 정확하게 리폼해주는 집은 거기밖에 없어. 어울리건 말건, 몸에 맞건 말건, 치수 잰 거에서 더하거나 빼면서 결국엔 맘에 들게 만들어주지."

"그런 거야 장사 요령이지. 네가 넘어간 것 같은데…… 하여간 그런데?"

"그 사장님한테 부탁해보면 어떨까 해."

"아, 좋은 생각이네."

"뭐?"

"네 느낌대로 망치려면 그래야 하는 거 아냐? 정해진 거 없이?"

"영 좋은 생각이 아닌 거 같아서 얘기하는 건데 좋다고 하면 어떡해."

"그럼 내가 그건 좀 아닌 것 같다고 할 줄 알았어?"

"그러길 바라지는 않았지."

"그러니까, 그러니까 하려던 대로 해."

"어떻게?"

"어떡하긴 뭘 어떡해. 최사장님 모셔다 원단이랑 부자재 드리고, 나한테 했던 얘기 그대로 하면 되지."

"파리로?"

"어차피 그러려고 했으면서 왜 자꾸 물어. 벌써 최사장님한테 연락한 거 아냐?"

"어서, 어서, 날 사랑한다고 말해."

"아는 거 자꾸 묻지 마."

술이 덜 깼던 건지, 아니면 대체 뭐에 취해 있었는지. 그때의 내가 오늘의 나를 이해할 수 있을까. 지금의 내가 그날의 날 이해한다고 오해하는 것만큼이라도? 아니, 적어도 그보다는 낫겠지. 경험으로 나아지는 건 없어. 이해력은커녕 이해심도 자꾸 줄어들기만 할 뿐이지. 아주 못생긴 옷이 만들어질 참이었어. 섣불리 앞날을 얘기할 수야 없겠지만, 결단코 영원히 유행하지 않을 게 뻔했지. 왜 그랬을까.

*

우리는 완성된 의상 일습을 찬찬히 살펴봤어. 만감이 교차했지. 생각보다 더 별로였어. 최사장님은 더 고칠 게 없냐고 묻더니 우리가 별말이 없자 파리 북역 뒤에서 짝퉁 장사를 한다는 친구를 만난다며 시내로 나갔지.

"모델 피팅은 안 해도 돼?"

"이제 와서 무슨. 그냥 입는 거지."

"왜 그래, 다 망했다는 얼굴이네."

"그럼 잘된 건가. 좋아해야 하나."

"아직 모르지. 어떨 거 같아? 사람들이 좋아하면 어떡해? 그럼 좋을 것 같아, 아님 싫을 것 같아?"

"나도 모르지. 지금으로선 웃음거리가 되는 게 최상의 시나리오인 건가."

"최악은? 호평과 열광?"

"그런 셈이지. 모르겠어. 어떻게 될지 모른다는 게, 뭐랄까, 좀 설렌달까."

"안 망할 거 같애?"

"그럴 수도. 누가 알겠어."

"기대하는 건 아니고?"

"그래, 기대해. 사람들이 좋아해주면 좋겠어. 어떤 의미에서건. 왜 누구 놀릴 때 기분좋잖아."

"알았다, 알았어. 그럼 쇼는 언제 어디서 해?"

"아직 안 정했어. 시간은 있으니까 어떻게 할지, 할 수 있을지 알아봐야지."

"그래, 또 망친다고 아무도 안 오는 데서 하지 말고, 그래도 보는 사람들이 있어야 망해도 제대로 망하지."

"너 듣자하니 내가 완전 망했으면 하는 눈치다?"

"나는 네가 하는 건 다 응원하잖아."

순간 나는 누구도 나보다 더 행복할 순 없다고 생각했어. 잠깐. 하지만 그때 우리는 그저 우리 행복의 강도를 시험하고 있었던 게 아닐까. 이제와 돌이켜보니 그래. 내가 무슨 일에 동참하고 있는 건지도 모르고, 너의 장단에 맞춰준다고 생각하면서 말장난이나 하고 있었다니. 그 어떤 행복한 인생도 불행이 오는 걸 막진 못해. 그때 그걸 알았어야 했는데. 모든 불행을 돌파하는 것 말고 행복해질 수 있는 방법이 없다면, 이토록 행복을 추구하는 게 과연 맞는 건지 이제 나는 모르겠어. 차라리 너를 불행하게 하는 것들로부터 널 멀리 떼어놓는 게 오히려 더 옳은 일이었을 것 같아. 그게 네게 패션이었다면, 너를 영영 닿을 수 없는 어딘가로 밀어붙이는 게 과연 그것이었다면, 그로부터 너를 떼어놨어야 했는데. 그러는 게 최선이었을 텐데.

나는 두 손 놓고 네 뒤를 따라가고만 있었지. 내가 모르는 어떤 다른 세계가 있을 줄로만 알았어. 그렇게 네 주변의 다른 뱁새들과 마찬가지로 뱁새눈을 뜨고 네 행보를 엿볼 뿐이었어. 네가 거품처럼 사라져버릴 줄도 모르고.

*

난 쇼의 성공을 기원하면서 출국장으로 들어갔지. 왠지 저주 같기는 했지만, 까치발을 들어 네 목을 끌어안고 잘될 거라고 속삭였어. 샤를드골공항은 바닥 어디에나 물때가 많이 끼어 있었지. 지저분한 샤를 드골. 누군가의 이름을 붙인다는 건 그러니까 조심해야 할 일이야. 특히나 옷에 있어선. 이름에 진 얼룩은 좀체 지워지지 않으니까. 그런데도 누군가를 입는다는 게 이상하지 않아? 남의 인두겁을 뒤집어쓴다는 게 말이야. 이브 생로랑을, 맥퀸을, 프라다를 입는다니. 하지만 실상 그렇게까지 끔찍한 얘기는 아닐지 몰라. 옷이란 건 원래 살가죽에 포개지기 마련이니까.

마침 스테파노 필라티가 이브 생로랑을 떠났고, 그 자리엔 패션계를 떠날 듯 떠나지 않았던 디올 옴므의 전 크리에이티브 디렉터 에디 슬리먼이 왔지. 화제를 끌기 위한 최상의 선택이었다는 데에 의심의 여지가 없었어. 십여 년 전 그가 퍼뜨린 슈퍼 스키니 룩은 삽시간에 유행하여 셀 수 없이 많은 이들을 달뜨게 하고 때론 목숨을 위협하기도 했지. 칼 라거펠트라고 예외는 아녔어. 엄청 앓았지. 에디 슬리먼을 입겠다고 무려 사십 킬로를 감량했으니 말이야. 그런 에디가 이브 생로랑에 오자마자 한 일은 브랜드 이름을 바꾼 거였어. 이브 생로랑에서 이브를 떼내고 생로랑만 남겼지. 그러고도 단박에 용서받고 살아남은 인간은 그밖에 없을 거야. 에디 생 슬리먼이 아닌 게 어디야. 생로랑이 이런 마당에, 질 샌더 앞에서 질 샌더를 입는다 한들 누가 아랑곳하기나 하겠어? 질 샌더가 질 샌더에서 쫓겨난 지가 언젠데. 아마 지루해할 거야.

나 역시 그만큼 지루하게 대기석에 앉아 멍하니 무빙워크를 건너보는데, 옆에 있던 커플이 면세점에서 산 와인을 깨뜨렸어. 남자가 병을 들고 라벨을 돌려보면서 이것저것 아는 체를 하다가 그 꼴이 났지. '아펠라시옹 도리진 콩트롤레, AOC급이라는 거지.' 잘난 체하기 얼마나 수월한 시절이었는지. 하여간 둘은 호흡이 잘 맞았어. 한 명이 짐을 지키고 있으면 다른 하나가 화장실에 가서 양손 가득 휴지를 가져오고, 그러면 앉아 있던 사람이 그걸 바통 삼아 다시 그 짓을 반복하는 식으로 금세 와인 한 병을 해치웠지. 둘 다 손이 시뻘겋게 물들어서 설령 유릿조각에 베였대도 모를 듯 싶었어. 그제야 바닥에서 은은하게 포도 향이 올라오기 시작했지. 완벽한 디캔팅. 그들에게도 두고두고 얘기할 좋은 추억이 되었을 테니, 그 정도면 그걸 더할 나위 없이 잘 즐긴 셈이 아니었을까.

2012년 파리 패션 위크의 오트 쿠튀르 일정은 7월에 시작되었고, 매번 그러하듯 한 달 남짓 후에 기성복 컬렉션이 이어졌어. 그 사이 일군의 신진 디자이너들이 관습적인 춘하-추동 컬렉션에 반기를 든다며 산발적인 이벤트를 벌이기도 했지만, 다들 예쁘게만 볼 뿐 그 오랜 관습을 폐기해야 할 날이 머지않았다는 생각을 하진 못했지. 그래, 코펜하겐 기후 협약의 시끌벅적한 결렬이 교토

의정서를 박살낸 지 몇 해가 지났는데도 여전히 그런 분위기였지.

지금이라고 뭐 그리 다를까. 물론 저탄소 공법이니 파인애플 가죽이니 아이디어 상품들을 끼워 팔며 캐비아 좌파들의 구미를 당기려는 시도들이 종종 있긴 했지만, 그게 콩고기보다 갈 길이 먼 건 자명해 보였어. 너는 당연히 오트 쿠튀르 명단엔 들어갈 수 없었고, 아니 그런 시도조차 하지 않았고, 그렇다고 별스러운 장외 이벤트를 기획할 맘도 없었고, 곧장 기성복 컬렉션의 장소와 일정을 주최측과 조율하기 시작했지. 그건 나는 너의 쇼를 볼 수 없다는 뜻이었어. 그 무렵이면 이미 학기가 시작되었을 테니 말이야. 더이상 휴학을 할 수도 없는 노릇이었고. 애당초 그럴 줄 알면서도 너를 보러 간 거였으니 아쉬워할 필요는 없었지. 그래도 막상 큰일을 앞둔 너를 두고 가려니 마음이 쓰였어. 너의 때 이르고 되바라진 은퇴 덕에 비교적 수월하게 시간대를 얻었다지만, 네가 뭘 어떻게 할지 모르니 불안하긴 매한가지였지. 그 맘에 더 있어줄까 물었더니 너는 유난 떨지 말라며 유난스럽게 손을 내저었어. 괜찮다고, 같이 망할 일 없다고. 그때 네 속을 눈치챘어야 했는데, 나는 농담 진담 구분도 못하고 눈치 없게 네 목을 끌어안고 성공을 속삭일 따름이었지.

한편 그 환상의 복식조 커플은 기내까지 내 옆에 달라붙어 있었고, 나는 그들이 또 어떤 사고를 칠지 불안불안했어. 그 우연이 달갑지 않았지. 둘은 나를 살짝살짝 곁눈질할 뿐 말을 걸진 않았어.

기내식을 먹다 식기를 떨어뜨리기도 하고 승무원에게서 좌석 등받이를 올려달라는 지적을 받기도 했지만, 그뒤로 그들에게 서로의 호흡을 뽐낼 기회가 더 주어지지는 않았지. 나는 시베리아 위에서 마음 놓고 잠들었어.

어디쯤이었을까. 온 지구가 불타는데 나 혼자 달에 서 있었어. 눈앞의 풍경이 어쩐지 낯설지 않았지. 평생 태양의 둘레만을 돌았던 탓일까. 지금껏 불구경을 하며 살아왔다는 자각이 옥토끼를 찾아 주변을 둘러보게 했어. 펄럭이는 성조기. 지구가 궤도를 이탈해도 달은 우리를 따라오겠지. 그래, 이건 꿈이야. 나는 순간 눈을 뜨고 주위를 돌아봤어. 그때까지도 옥토끼를 찾고 있었지. 어떻게 생겼는지도 모르면서 말야. 어디 숨었나, 어디 숨었나. 좌석 스크린에 떠 있는 비행기가 몽골보다 더 컸어. 그런 비율이라면 나는 대체 얼마나 큰 걸까. 상하이쯤? 밑도 끝도 없이 그런 생각이 이어졌지.

집에 와선 한동안 패션 위크 웹 사이트만 들여다봤어. 네 쇼의 스케줄을 확인하는 데 시간이 걸렸지. 아무리 뒤져봐도 네 이름이 눈에 띄질 않아서 의아했어. 네가 브랜드의 이름을 당연히 다민이라고 지을 거라 생각하다니 내 생각이 짧았지. 너는 네 이름의 영문 철자를 뒤집은 NIMAD를 브랜드 라벨로 삼았고, 그 단어의 어감은 명백히 후세인 살라얀이나 유밋 베넌과 같은 터키계 디자이너들의 계보를 연상시켰어. 마침 터키 정부는 유럽연합에 들어가기 위해, 그 안의 서방 우파들은 이를 막기 위해 제각기 안간힘을 쓰고 있었고, 따라서 너의 선택은 여러모로 불편한 감정을 불러일으켰지. 웬 아시안이 펜스 위에 올라 훈수를 두는 것 같달까. 물론 네가 택한 불구경꾼의 위치가 그다지 온당해 보이지는 않았어.

그리고 그런 불안 요소가 한두 개가 아녔지. 나는 쇼 당일까지 반은 설레고 또 반은 차라리 없던 일이었으면 하는 마음으로 심란하게 지냈어. 새 학기의 수업 커리큘럼은 눈에 들어오지도 않았고 카메라는 아예 방구석에 처박아두었지. 하루하루가 이도 저도 아니어서, 어서 빨리 네 쇼가 끝나기만을 오매불망 기다렸어. 결과가 어떻든 상관없을 지경이었지. 망해도 좋고 잘되면 어쩔 수 없다는 심정. 뭐라도 결판이 나야 어쨌거나 그다음을 생각할 수 있으니까. 어차피 일어날 사건이 자꾸만 뒤로 미뤄지는 기분이었어. 그래도 그나마 기약이 있어 다행이었지. 드디어 그날이 되었고, 나는 시차를 고려해 적당히 새벽에 네게 메시지를 보내놓았지. 답장을 기대하진 않았어. 기대했어야 했는데. 더욱 집착했어야 했는데. 내가 뭐라고 했지? 싹 다 망해라, 라니.

*

이제 나는 감은 눈 속에 그날의 장면을 채워넣는다. 스트리밍 화면 속의 텅 빈 런웨이와, 그 양옆으로 다리를 꼰 채 줄지어 앉은 사람들과, 그들을 찬찬히 뜯어보는 나를 떠올린다. 모니터 가까이 얼굴을 가져다댔다 다시 뒤로 물러나길 반복하던 나. 그렇게 너를 찾던 나. 정말로 봤던 장면을 떠올리는 건지, 없는 기억을 지어내는 건지 나 자신을 믿을 수가 없다. 그나마 미더운 건 여전히 거기 그대로 있는 공간뿐. 루브르궁에서부터 카루젤광장까지 지하를 관통하는 쇼핑몰 카루젤 뒤 루브르의 중앙으로, 유리 피라미드의 꼭짓점이 수렴한다. 이와 마주한 런웨이는 텅 비어 있다. 땅 밑 그 어두운 홀에 너의 목소리가 배회한다. 역피라미드를 짜맞추는 유리창의 서툰 그림자가 목소리를 따라 파르르 떨린다.

나의 피부는 하양도 검정도 노랑도 아닌 투명이며 나의 머리색은 검정도 노랑도 빨강도 아닌 초록. 나는 그 누구도 아닌 유행 그 자체, 허공을 떠다니는 녹색 커튼.

보이는 거라고는 백스테이지 전면에 걸린 녹색 장막뿐이고 이는 가끔씩 출렁인다. 열리지도 올라가지도 않는 막. 너는 그 밑단을 들추고 기어나온다. 벗은 몸. 뒤따르는 이들은 없다. 너는 네 발로 기다가 두 발로 천천히 자세를 바꾸며 유연하게 앞으로 나아간다. 양손에는 군용 더플백이 들려 있다. 너는 시체를 유기하는 살인자처럼 그 묵직한 가방 두 개를 힘겹게 끌고 런웨이를 걷는다. 그 끝에 이르면 거의 결승선에 도달한 기분일 듯싶다.

그러나 너는 어느새 지친 듯 중간에 손을 놓고 바닥에 주저앉는다. 잠시 숨을 고른 뒤 가방의 조임끈을 풀고 뒤집어 젖힌다. 그 망할 예쁜 것들이 울컥울컥 쏟아져나온다. 너는 개중에 상의와 하의, 신발을 아무렇게나 하나씩 골라잡아 입고 신기 시작한다. 블라우스의 지퍼는 자꾸 걸려 올라가지 않고, 바지 앞섶을 매는 매듭을 묶는 데는 지루하리만치 오랜 시간이 걸린다. 신발은 첫 단추부터 잘못 끼웠는지 한참 동안 낑낑대며 짜증을 돋운다. 겨우 옷을 다 입은 네가 런웨이 끝으로 달려가 모서리에 세워둔 전신 거울에 자신을 비춰본다. 아무래도 어울리지 않는다. 너는 그 자리에서 신경질적으로 옷을 벗는다. 그 와중에 단추 몇 개가 떨어져나간다. 솔기가 터진다. 너는 다시 더플백 쪽으로 달려가 또 아무 옷이나 주워 입기 시작한다. 꾸밀 수 있는 조합이 몇 가지나 될까.

나는 잠시 스트리밍 화면에서 눈을 떼고 어림잡아 계산을 한다. 상의 개수 곱하기 하의 개수 곱하기 신발 개수 곱하기 액세서리 개수. 안 될 일이다. 이래선 안 된다. 너의 시간대는 엄격히 정해져 있다. 다는 못 한다. 시간 때문이 아니라 보는 사람들이 곤욕스러워서라도 그 끝을 보기는 어렵다. 자명하다. 이건 안 될 일이다.

그래도 너는 낑낑대며 옷을 입고, 거울 앞으로 달려가 여지없이 고개를 갸웃거리고, 다시 벗고, 또 이를 반복한다. 언제쯤이면 만족스러운 차림을 완성할까. 널 보는 이들은 어느새 네가 어서 그럴싸한 복장을 갖추길 바라는 자신을 발견한다. 거울을 보는 네게 누군가 이번은 나쁘지 않다고 소리친다. 너는 화가 난 듯 거울을 한 번 내리치더니 보다 세차게 고개를 내젓는다. 이십여 분 동안 지속되는 왕복 달리기. 어느덧 주어진 시간이 다 되어, 너를 좇던 핀 조명이 거울과 더플백 사이 어중간한 위치에서 돌연 꺼진다. 망한 기분, 망친 기분. 뭐가 뭐지?

나는 어두워진 화면을 한참 노려본다. 뭔가 더 남아 있겠지. 이게 다는 아니겠지. 설마 그럴 리가 없지. 아니 그러면 안 되지. 나는 입술을 잘근거리며, 스트리밍이 종료될 때까지 끝끝내 마음을 졸인다.

그래, 분명 그랬지. 나는 그렇게 너의 퇴장을 속수무책으로 바라만 보고 있었지.

*

나는 눈을 깜박인다. 밝아졌다 어두워지고, 나는 이내 마음을 정한다. 다시 눈을 감기로. 그렇게 그 순간에 더 머물기로.

*

그때 그건 정말 제대로 망한 걸까. 뭘 망친 걸까. 패션쇼보다는 연극적인 퍼포먼스에 가까웠던 그 쇼는, 확실히 이도 저도 아니었어. 네가 원했던 게 그거였을까. 연극적인 패션쇼 혹은 패션쇼 같은 연극. 둘이 뭐가 다르지? 그러니까 그 둘을 가르는 유일한 기준은, 그날 네가 입은 옷들이 매대에 걸리느냐 아니냐에 있었어. 살 수 있으면 쇼고 없으면 극이고. 그 어느 쪽인지 아직은 모를 일이었지. 그래서였을까. 호평만큼 혹평도 적었어. 참견할 여지를 넉넉하게 남겨두지 않은 네 탓이었지. 그렇다고 아예 화제를 모으지 않은 건 아니었어. 다만 조심스러운 분위기였지. 명쾌하게 이렇다 저렇다 하기 어려웠어. 좋은 구석을 찾기에도, 나쁜 구석을 골라내기에도 애매했지. 좋다고 하면 섣불러 보이고 나쁘다고 하면 멍청해 보일 것 같았어. 자연스럽게 유보적인 이야기들만이 오갔지. 모든 게 즉각적인 패션계에서는 분명 드문 일이었어. 그저 컬렉션의 내용을 묘사적으로 기술한, 리뷰라고 하기에도 애매한 리뷰들이 여기저기 퍽 많이 실렸지. 다들 찜찜한 기분을 숨기느라 애쓰는 티가 역력했어. 특기할 만한 건 오로지 그 애매모호함뿐이었달까. 극으로 보자면 그다지 전위적이지 않았고, 쇼로 친대도 딱히 실험적이랄 순 없었지. 그리고, 명쾌한 것에 익숙해질 대로 익숙해진 이들에게 이 불분명함은 분명 두고볼 만한 것이었어. 다들 한마음으로 너의 다음을 기다렸지. 매장에 네 옷이 걸리기를. 그러니까 꼴레뜨 한편에 마련된 신진 디자이너 섹션에 네 첫 컬렉션을 걸친 마네킹 몇 구가 세워지기를 말이야. 온갖 품평이 가능하도록! 나도 그랬어. 하지만 그런 일은 없었지.

*

나는 다시 조명이 꺼진 순간으로 되돌아가. 암전. 그 어둠 속에서 너는 무얼 하고 있었을까. 주변은 아랑곳하지 않고 하던 대로 계속 옷을 갈아입고 있었을까. 다시 불이 들어왔을 땐 너도 그 예쁘고 추한 옷가지들도 다 사라진 뒤였지. 녹색 커튼은 말끔히 걷혀 있었어. 관습적인 박수 소리가 들리기 시작했지. 하지만 너는 다시 무대로 나오지 않았어. 커튼콜이 무색해졌지. 사람들은 네가 무례하다고 생각했을지 몰라. 아니, 어쩌면 그러는 게 더 어울린다고 생각했을 수도 있지. 어쨌거나 너는 그 어디서도 다시 등장하지 않았어. 그대로 사라졌지. 대체 넌 어디로 갔니? 어쩌면 그토록 무책임할 수 있을까. 어떤 용기와 각오를 품었기에 그처럼 무심할까.

*

그날 이후 너와 연락이 되지 않았어. 네 애인도 마찬가지였지. 그에게 그다지 큰 기대를 했던 건 아니야. 다만 네가 종적을 감추기 위해선 그가 필요하다고 생각했어. 나뿐만이 아니라 많은 사람들이. 소용없는 생각이었지. 그렇다고 또 그다지 큰일이라고 여기지도 않았어. 네 가족에 별다른 움직임이 없는 걸로 봐선 적어도 그들은 너의 행방을 알고 있는 게 분명했으니까. 때문에 네게 무슨 일이 있는지, 네가 무얼 하고 있는지, 네 생각이 무언지는 알 수 없지만 나쁜 일이 있다고는 생각하지 않았어. 어떤 계획이 있을 거라고 짐작할 따름이었지. 그저 무대에서 사라졌으니 그럴 만한 또다른 그림이 있을 거라고 말야.

그렇게 한동안 연출인지 사고인지 좀체 불분명하던 너의 잠적은 오래잖아 나온 결정적인 증거 덕분에 그 가닥이 잡혔지. 네가 남긴 메시지가 발견된 거야. 그건 네 아파트 창가, 작고 붉은 돌멩이로 눌러놓은 손바닥만한 미농지에 적혀 있었지. 네 애인은 그걸 이네스에게 순순히 넘겼고 이네스는 그녀가 할 수 있는 일을 했어.

그러니까 네가 사라졌다는 소식이 본격적으로 사람들의 입길에 오르기 시작한 건 네가 남긴 메모가 공개된 후였지. 사람들은 더 이상 네 옷이 꼴레뜨에 걸리길 기다리지 않았어. 그렇다고 솔직히 너를 기다린 것도 아녔지. 사람들은 기약 없는 걸 기다리지 않아. 그들이 기다린 건 네 옷 그 자체, 그뿐이었어. 아무래도 그것들이 팔릴 공산은, 그래서 살 수 있을 가능성은 거의 없어 보였고, 따라서 그야말로 갖고 싶은 물건이 된 거지. 진정한 의미의 한정판. 터무니없는 가격을 책정하기 위해 공급을 조절함으로써 희소성을 생산하는 그런 아이러니하고도 기만적인 상품이 아니라, 정말로 고갈된 자원이었지. 네가 입고 벗었던 그 샘플 의상들만이 그날의 연극을, 쇼를 증명할 수 있었어. 이제 사람들은 네가 그 더플백 두 개를 어디로 끌고 갔는지, 그 행방을 알고 싶어했지. 오로지 그게 다였어. 그에 비하면 너의 안위는 뒷전이었지. 도리어 네가 별일 아니었다는 듯이 나타나면, 아직 손에 쥐어보지도 못한 그 상품의 가치가 떨어질까봐 지레 우려하는 눈치였어. 네 애인이 경매가를 높이기 위해 옷을 숨겨놓았단 얘기가 돌았지. 심지어 네가 쇼에서 임의적으로 옷을 골라 입은 게 아니라 철저히 계산된 순서로 코디를 하였으며, 그 옷들의 완벽한 착장이 따로 있다는 가설도 심심치 않게 제기되었어. 누군가는 녹화된 온라인 생중계 영상에서 네가 거울 앞에 서 있는 모습들을 포토샵으로 따서 갖가지 합성사진을 만들기도 했지. 하지만 그런 것들은, 인스턴트식품—가령 냉동 피자 같은 걸 전자레인지에 돌려 먹으면 외려 진짜로 조리한 그 음식—화덕 피자—이 먹고 싶어지는 것처럼, 네 옷들에 대한 욕구를 키울 뿐이었어. 우리옷수선 최사장님은 파리 패션계에서 일어나는 이 모든 코미디에 대해 전혀 알지 못했지.

그즈음 이네스에게서 메일이 왔어. 다민이 나에게 어떤 의미였는지 잘 안다며, 나누고 싶은 얘기가 있으면 언제든 연락하란 내용이었지. 그렇게 나를 염려하는 시늉을 하고 있었지만, 실은 오로지 너에 관한 흥미로운 얘깃거리를 구해볼 심산이란 걸 모를 순 없었어. 솔직도 하셔라. 그녀에게 해줄 얘기가 하나도 없었다고 해서 내게 아무런 이야기가 없었던 건 아니야. 단지 감수할 수 있었을 따름이지. 내 입은 조금도 간지럽지 않았어. 오, 침묵은 나의 빛, 아쉬울 것 없노라. 그래, 네가 남긴 메시지를 이해할 수 있는 이가 오직 나뿐이란 것 정도는, 충분히 받아들일 수 있었어.

나는 물거품이 되어 영원히 사라져요.

넌 수포가 되었지. 네 모든 노력이 그리되었지. 왠지 그럴싸했어. 진정으로 망하려면 마땅히 그래야 할 것 같았지. 그게 놀라울 만큼 자연스럽고 당연한 수순으로 여겨졌어. 왜 그전에는 네가 그럴 수 있을 거라고 생각하지 못했을까. 전혀 예상하지 못했다는 게 의아했지. 이 모든 계획과 실행이 단지 무난히 사라지기 위해서였단 걸 왜 몰랐을까. 철저하게 기획된 이 실패가, 사라져도 좋을 맥락에 이르는 우회로였단 걸 왜 눈치채지 못했을까. 네가 그토록, 이 모든 걸 다 망치려고 한다고, 그런 나쁜 짓을 하려고 한다고 내게 누누이 말했는데도, 나는 아무 근거 없이 네가 예정된 그 실패의 대가를 톡톡히 치를 거라고 여겼어. 그 조롱을 다 감수할 거라고. 그러느니 사라지는 게 당연한데 말야.

네가 하고자 한 일은 분명했어. 아무도 하지 않는 일을 저지르고 이에 대해 무책임하기. 그래, 그게 네 스타일이었지. 그리고 네

스타일은 아직까지 한 번도 유행한 적이 없어. 대신 너는 네 스타일과 다른 것을 유행시켰지. 거의 상반된 것을. 그러니까 너의 패션을. 지금 거리의 풍경을 봐. 네가 없었다면 없었을 외양들을, 너를 따라 하는 실루엣들을 말이야. 그 현실적인 현실들. 이제 더이상 그 누구도 사라짐으로써 스스로를 영원하게 만들지 않아. 오로지 너만 그랬어. 사라짐으로써 영원해졌지.

난 그제야 네가 준 책을 읽어보았어. 그전에는 다 아는 얘기라고 생각해서 펼쳐보지 않았었지. 하지만 네가 물거품이 되겠다니 별수없었어. 너의 행방을 알기 위해선 그러는 수밖에 없었지. 그리고 난 단번에 네가 무엇을 원했는지 알 수 있었어. 그래, 나는 알 것 같았어. 너는 네 식대로 작별을 고한 게 아니었니? 구태여 말하자면 네가 속해 있던 바다를 벗어나 뭍으로 서툰 발을 내딛고 싶었던 게 아니었니? 내 말이 맞는다면, 결국 넌 네가 원하는 것을 모두 이룬 셈이지. 그렇지 않니? 하여튼 널 찾지 말란 거잖아. 나더러 그냥 가만히 있으라는 거잖아. 그렇게 내게 눈짓한 거잖아. 그런데 오 년이나 지난 후에야 이 스케치북을 보내면 나는 어쩌라는 거니. 아직 뭔가 남아 있는 거니? 너의 연극에, 이 그림에, 이 모든 쇼에? 그래서 나보고 어쩌라고.

아무리 이렇게 속엣말을 해댄들 아무 소용 없지. 나는 벌써 단숨에 여기로, 이 도시로 돌아왔는걸. 숨이 가빠와.

*

나는 손에 쥔 잎사귀를 엄지손톱으로 짓이긴다. 파리의 여름은 저녁 여덟시를 어둠 속에 온전히 내버려두지 않는다. 영락없는 낮달이 계면쩍게 거리를 내려다본다. 튈르리는 이제 시작이다. 빛을 펴 바른 공기가 지천에 널렸다. 눈을 갸름하게 뜨면 햇살이 부채질을 한다. 곧 식후 산책을 하는 사람들이 모여들 것이고, 튈르리궁을 스케치하는 노인들이 벤치 위에 몸을 수그리고 무딘 연필을 쓱싹댈 것이다. 이러다 여름 감기에 걸릴까. 그럼 나는 개만도 못한 걸까. 그게 사람보다는 나은 걸까. 감기를 앓는 것만으로 개도 사람도 아닌 반인반수가 될 수 있다면, 그 정도 잔병이야 충분히 걸려봄직하겠지. 인어공주는 무슨 병에 걸렸기에 그런 물약을 먹어야 했을까. 나는 그날 본 그녀의 벗은 몸을 떠올린다. 그 단단한 살갗이 눈에 선하다. 오늘이 여름이긴 한 걸까.

카스텔레의 인어공주 동상은 제1차세계대전이 일어나기 직전인 1913년, 칼스버그 맥주로 유명한 양조업자 카를 야콥센의 주문에 따라 그만큼 야심 많던 젊은 조각가 에드바르 에릭센이 주조했다. 모델은 다름 아닌 조각가의 아내. 현재 조각가의 손녀는 동으로 제작한 할머니의 실루엣을 세 가지 사이즈로 나눠 판매하는 웹 사이트를 운영하며 적법한 상속자로서의 역할을 다하고 있다고. 그렇게 너는 그녀에 대해 많은 걸 알았지. 그런 네가, 안트베르펜 중앙역의 플랫폼으로 올라가는 계단 아래서 그 책의 모서리를 손끝으로 매만지며 말했었어.

"내가 뭐 하나 말해줄까."

"뭐?"

"이 책이 어디 꽂혀 있었게?"

"마레에서 샀다며."

"그래, 그러니까 어느 서가에?"

"어린이 책 코너겠지. 아냐, 아니겠지? 어딘데?"

"퀴어 문학 섹션."

"오호, 괜찮은 책방이네, 누가 잘못 꽂았거나 장난친 게 아니라면."

"응, 아냐. 제대로 분류한 거 맞아. 안데르센 연서 모음집이랑 나란히 꽂혀 있었거든."

"야, 그런 거 있었음 그걸 사주지!"

"에이, 얘 좀 봐. 그래도 남의 연애편지를 허락도 없이 훔쳐보는 게 아니지."

"어라? 너 솔직히 봤어, 안 봤어. 봤잖아."

"그거야 견물생심이니까, 이해해줘야지."

"그게 무슨 견물생심이야. 말 참 이상하게 하네."

"뭘, 맞는데 왜. 생각에도 없던 걸 눈에 띄는 바람에 손댄 거니까 맞지. 아냐?"

"하여간."

네 말에 넘어간 나는 카메라 가방 한구석에 밀어둔 우드 우드의 나일론 파우치에 신경이 쓰이기 시작했고, 너는 마치 그런 내 속내를 다 안다는 듯 돌아서는 내게 물었어. 그때 그 골목에 왜 있었냐고. 나는 끝내 솔직하지 못했어. 네게 오랫동안 메일을 쓰지 못했지. 거짓말부터 하고 싶지 않았어. 나는 결국 아무 말도 하지 못했고, 또 그 덕분에 우리는 많은 일들을 함께했지. 그러니까 네가 사라지기 전까지 그 책을 읽지 않은 건 다 아는 결말을 재차 확인하고 싶지 않았기 때문이었는지 몰라. 열어놓은 창문으로 들어온 바람이, 불어놓은 풍선을 살아 있는 것처럼 구르게 하지. 너와 함께한 일들과 우리의 시간들과 너로 인한 나를, 나에 의한 너를 물거품으로 만들고 싶지 않았어. 결국 책을 펼칠 수밖에 없었지만 그 끝을 모르고 싶었어. 그래, 그 이야기는 다 아는 얘기였지. 하지만 그래도 여전히 읽을 만한 가치가 있었어. 네가 결말에 이어 안데르센이 바이마르 대공에게 쓴 편지 한 구절을 옮겨 적어놓은 걸 발견했거든. 너무 늦게 본 걸까. 혹 너는 내가 일찍이 그걸 봤을 거라고 생각했을까. 나의 오랜 무소식과 어떤 모른 체가 이 때문이라고 여겼을까.

그 선선한 밤에 당신이 외투를 벗어 내 어깨에 둘러주었을 때, 그건 내 몸을 덥혀주었을 뿐만 아니라 내 심장이 보다 더 뜨겁게

빛나도록 만들었어요.

네 말처럼 안데르센이 대공이 아닌 다른 사람이 자신의 연서를 허락 없이 읽고 있다는 사실을 안다면, 과연 어떤 반응을 보일까. 목소리를 잃은 탓에 바다에 빠진 당신을 구한 건 나라고, 당신을 사랑한다고 왕자에게 말할 수 없는 인어공주가 실은 안데르센 그 자신을 드러내는 캐릭터라는 해석에 동의할까. 모르겠어. 적어도 그는 생전에 제가 쓴 모든 것, 심지어 화장실 벽 한 귀퉁이에 휘갈긴 낙서까지도 사후에 연구의 대상이 될 거라는 걸 모르진 않았을 거야. 하지만 대공을 믿었을 수도 있지. 그가 자신이 보낸 모든 편지를 아무도 모르게 없애버렸을 거라고 말야. 그러나 오늘 우리는 모두 알고 있지. 그가 그러지 않았다는 걸 말이야. 여기저기 소문을 내고 다닌 건 아니었지만 그렇다고 없던 일로 만든 것도 아녔어. 다만 인어공주를 더 깊이 이해하게 해주었을 뿐이지. 그래, 나는 내가 인어공주에 관해 다 안다고 생각하면서 네가 물거품이 되도록 딴청만 피우고 있었던 거야. 길 끝에 무엇이 기다리고 있는지 아무것도 모르면서 그리로 가고 있었어.

*

넌 어디로 갔을까. 나는 네게 메일을 썼지. 여름이 올 때마다 그랬지. 넌 그 계절에 사라진 탓으로 그 계절에 늘 그렇게 있어. 뭇 사람들은 그때를 이미 가을이라 부를지 몰라도, 아니 그렇지 않아. 우리는 계절을 당겨 사는 사람들이니까. 내 눈꺼풀 속의 넌, 푸르고 맑고 깊고 시원한 물속에서 대기를 향해 긴 나선을 그리며 상승하고 있지. 답장은 한 번도 없었지만 그다지 서운하지도 네 걱정이 들지도 않았어. 너는 눈에 보이지 않음에도 자유로워 보였고 걱정이 되는 건 되레 나 자신이었지.

나는 너처럼 생각대로 살지 않았어. 임기응변하듯 급히 스튜디오를 차리고 보다 본격적으로 매거진 작업에 집중했지. 너를 반면교사로 삼으면 뭐든 잘되었어. 내가 저지르고 말았을 잘못과 실수들, 품었을 착각과 억측들을 네가 모두 짊어 메고 앞서간 까닭에 나는 너의 세계로부터 순순히 풀려났지. 나와 같이 작업하고 싶어 하는 사람들이 절로 늘었어. 여러 프로젝트를 동시에 진행하곤 했지. 하지만 뭘 하건 클로즈업은 좀체 쓰지 않았어. 대신 대비를 강조하는 구도를 애호했지. 명쾌한 게 좋았어. 동화처럼 말이야. 거기에는 언제나 거울처럼 마주보고 있는 이미지가 있기 마련이거든. 가령 인어공주의 첫 시작, "깊고, 깊고, 깊은 바닷속에 작은 인어공주가 살았습니다"는, 그녀가 열다섯이 되어 수면으로 여행을 떠나는 구절과 정확하게 대구를 이루지. "작은 인어공주는 그녀가 모르던 세상을 향해 오르고, 오르고, 올라갔습니다." 그렇게 깊고, 깊고, 깊은 바닷속에서 그녀가 모르던 세상을 향해 오르고, 오르고, 올라간 인어공주는 수상 연회를 나온 왕자를 보고 첫눈에 사랑에 빠지지. 그의 사랑을 끝내 얻지 못하고도, 왕자의 심장에 꽂으면 다시 바다로 돌아갈 수 있다는 단도를 기어코 바다에 던져버리는, 기어이 물거품이 되어버리는 인어공주의 비극은, 그렇게 시작되고 이렇게 끝나.

그리고 인어공주는 무엇이 되었냐고? 물어볼 필요가 있나? 그녀는 거대한 바다의 물거품이 되어 인간으로서의 삶을 마감했지! 그러나, 여전히 그녀의 사랑은 죽지 않았어, 사랑은 죽을 수 없으므로. 그래, 이건 아마 네가 이 이야기를 백 번 혹은 더 많이 읽은 후에야 겨우 이해하기 시작할 이 이야기의 일부야. 그것도 아주 행복한 부분이지!

그래, 그녀는 무슨 병을 앓았던 걸까. 상사병? 향수병? 아님 몽유병? 어쨌거나, 죽음에 이르는 병이었던 것만은 확실해. 쌍둥이 모델 중 한 명에게 스팽글이 촘촘한 스커트를 입혀 물을 가득 채운 수조에 빠뜨리고, 다른 한 명으로 하여금 그 수면을 바라보게 하는 것만으로도 그 장면은 너끈히 화보로 옮아왔지. 볕에 턴 이불에서 일어난 먼지처럼 자잘한 포말이 자욱하게 퍼지며 맹물을 부옇게 만들었어. 나는 거의 위조지폐를 그리는 심정으로 사진을 찍어댔지. 그렇게 몇 차례 유행을 선도했고, 그때마다 나는 모두가 익히 알던 차연을, 그래 바로 나 자신을 넘어섰어. 하지만 그럴수록 내가 동의하는 생각이나 공감하는 감정이 그다지 긍정할 만한 게 못 된다는 의심이 커져갔지. 내가 하는 모든 게 속임수 같았어. 사람들이 내가 꾸민 이미지에 홀려 아름다움을 느끼고, 그 느낌이 스스로에게 온전히 옮아오도록 지갑을 여는 게 마뜩잖았지. 그런 사진을 백 번 혹은 더 많이 찍은 후에도 아름다움에 대해서, 그것을 만끽하는 행복에 대해서, 거기서 비롯하는 그 명백한 아이러니에 대해서 조금도 납득할 수 없었어. 오래잖아 사진이 싫어졌지. 그것이 현실을 증명하고 사실을 주장하도록 내버려두고 싶지 않았어. 그리고 그럴수록 난 나 자신이 자꾸만 너처럼 되어가는 것 같아 두려웠어. 어느새 난 예쁜 것들에 지긋지긋해하고 있었지. 때문에 매번 여름이 갈 때마다 생각했어. 끝이 있겠지, 다른 모든 것처럼. 그때를 기다리자. 내 맘대로 끝낼 순 없어. 끝장이 날 때까지, 그러니까 이게 끝이라는 걸 알 때까지 계속하는 수밖에 없어. 절대로 고집은 피우지 않을 거야. 그저 끝이 있단 것만 염두에 두고 하던 대로 할 거야. 나는 그럴 따름이야. 그렇게 매번 남들보다 조금씩 더 빠르게 움직인다면, 반박자 먼저 걷는다면, 어쩌면 생각보다 많은 것으로부터, 심지어 너로부터도 벗어날 수 있을지 몰라. 나 자신으로부터 달아날 수 있을지 몰라. 차라리 여느 유행처럼, 아직 오지 않은 계절을 미리 살 수 있을지 몰라.

난 그렇게 지냈어. 지난 계절에 쫓기듯 다급하게 다음 시즌을 향해 걸음을 재촉하며 살았어. 봄에는 여름을, 여름에는 가을을, 가을에는 겨울을 살면서 네가 어떻게 살았었는지를 내 일상으로 복기했어. 반복되는 것에서 차이를 찾기 위해 부단히 애썼지. 하지만 원래의 자리에 있던 것은 다시 어디로 되돌아갈 수 있지? 그대로 있는, 한 계절의 어떤 부분들을 나는 맹목적으로 외면했던 것 같아. 다음에 유행할 무언가를 발견하고 또 발명하기 위해 지난해의 아름다움을 부정했지. 그래, 언제나 내일은 오늘보다 어제를 닮았어. 그러니 또다른 여름 얘기는 이제 그만, 지겨워.

*

만약 여름이 가듯 죽을 수 없다면 아주 많이 슬플 거야. 모든 것의 끝을 봐야 하니. 속수무책으로. 그러니까 영원에 닿은 사람들, 불멸하는 무언가와 마주친 이들을 위로해줘야 해. 너무 걱정하진 마. 위로로 옮아온 슬픔은 아주 잠시뿐일 테니까. 내가 너를 기억하는 건 그 때문이야. 잠시만 슬퍼하기 위해.

네가 떠난 후 한동안 내 마음은 껍질을 벗긴 자두알처럼 여리고 흥건해져서 툭하면 울곤 했지. 다디단 감정들. 손 틈새에 끈적하게 말라붙어 흐르는 물을 찾게 하는 향긋한 생각들. 버건디, 카민. 노란 속. 혀뿌리에 엉긴 들쩍지근한 침.

왜 떠난 이의 이름에는 조사를 붙이지 않게 되는지 난 아직도 이해할 수 없어. 왜 평소 널 부를 때처럼 다민아, 하지 않고, 다민, 하고 부르지? 다들 그러는 것처럼 나도 그러는 게 이상해. 응답을 기대할 수 없으면 조사는 쓸모를 잃는 건가봐. 다민아, 다민아. 아무리 불러도 결국 네 부모가 네 이름을 지었을 때처럼 이름의 어감을 곱씹게 돼. 다민. 그럼 너는 내 기억 속에서 말없이, 말을 모르는 것처럼 웃지. 웃기만 하지. 그럼 나는 또 시선을 안으로 꺾어 갸름해진 너의 눈을 응시해. 일 초가 일 초 만에 지나가.

언제나 패배하는 그 짧은 눈싸움이 끝나면, 나는 비로소 일을 시작하지. 모니터를 켜고, 렌즈를 갈고, 조명을 손보고, 세트를 조정해. 나는 내가 스태프들을 어떻게 대할지 너무 잘 알고 있어. 나는 그들을 착취할 거야. 그리고 만족하게끔 할 거야. 과연 나는 끝이 좋을까? 그래야 다 좋은 거라던데 나는 정녕 그럴 수 있을까. 간혹 그들에게 용서를 구하면, 괜찮다는 말이 돌아왔지. 그건 나를 용서하지 않는다는 뜻이었어. 그나마 그 정도로 그쳐서 다행이었는지도 몰라. 먼저 내게 용서를 구할 일이 벌어지진 않은 거니까. 남들에게 못되게 구는 나 자신을 견딜 수 없으면서도, 또 그렇게 누군가를 괴롭히면 그래도 하루를 견딜 만했어. 물론 내가 매사 심통이 나 있는 게 실은 사진이 싫어진 탓이라는 걸 모르진 않았지. 셔터를 눌러 여기에 무언가 있었단 증거를 남기는 게 몽땅 우스꽝스러웠어.

도대체 나는 무엇이 되어 뭘 말하고 싶은 걸까. 한 가지 부정할 수 없는 게 있었지. 팔리는 디자이너들과 저명한 에디터들이 얕은 지식으로 그럴싸한 거짓말을 꾸며내는 데에 완전히 질려버렸다는 사실. 그 꼴을 더는 봐줄 자신이 없었어. 겉멋 따위에 전통과 장인 정신을 욱여넣어 공모한, 그 노골적인 표리부동에 더없이 신물이 났지. 이 사람들은 대체 왜 이러는 걸까. 가끔 패션계 바깥 사람들이 이곳을 진지하게 들여다볼까봐 겁이 났어. 그런 상상을 하는 것만으로도 민망했어. 때때로 이 바닥 누군가에게 어떤 컬렉션에 관해 물으면 그는 단박에 입을 떼며 현학취를 풍겼지만, 조금 들어보면 대개 맥락 없는 미술사의 편린이나 유행하는 낱말을 짜깁기한 것에 불과했지. 그리고 모두가 그런 줄 알았어. 원래 그런 건 줄. 알면서 서로 속아주는 게임. 매일 신물이 넘어오는 그 놀음의 와중에 나는 누구 못지않게 그에 능한 이와 만나게 되었지. 내 속내가 어떤 태도로 드러났던 걸까. 우린 제법 빠르게 가까워졌어. 그럴 줄 몰랐지.

대만계 미국인 디자이너인 그는 상하이 컬렉션에 참여하기에 앞서 서울에서 제 브랜드의 쇼케이스를 열었고, 우리는 애프터 파티가 열린 학동사거리 근처 한 갤러리에서 처음 인사를 나눴어. 그는 치밀하게 시장조사를 했는지 이미 내 사진에 대해 잘 알고 있었지. 처음에는 당연히 게이일 거라고 생각했는데 그게 아니라 자제력이 좋은 거였어. 악수를 한 다음부터 내가 파티를 떠날 때 에스코트까지, 그 모든 제스처가 나에 대한 관심을 지극히 드러내고 있음에도 대화는 오로지 내 사진 작업에 관한 것뿐이었고, 그 불일치가 그를 향한 호감으로 이어졌지. 그는 상하이에 쇼 준비를 하러 가기 전까지 두어 달 동안 서울에 머물기로 했고, 우리는 이 관계가 어떻게 될지 두고 보기로 했어.

우리는 주로 호텔 앞 카페에서 하루를 시작했지. 첫 데이트 후 나는 한 라이선스지에 실린 그의 쇼케이스 리뷰를 번역해서 읽어 주었는데, 호평 일색인 내용에 대한 그의 반응은 좀 의외였어. 디자이너 대부분은 칭찬을 들으면 유난하게 좋아하거나 혹은 신경 쓰지 않는다는 듯 어깨를 으쓱이거나 입꼬리를 당기는 식으로 속엣말을 대신하는데, 그는 이도 저도 아니었지. 내 말을 유심히 들은 뒤 잠시 눈을 굴리더니, 특정 구절을 되뇌면서 이 부분은 자기가 아닌 다른 디자이너로 대체해도 상관없겠다고 했어. 나는 그런 그의 말에 묘하게 기분이 나빴지. 내가 이미 어지간히 낮잡아 보고 있는 것에서 어떤 보편적인 의미를 발굴해낸 듯한 그 태도가 거슬렸어.

그후로 나는 종종 그를 도발하려고 했던 것 같아. 어느 날은 표지가 예쁜 책을 들고 있는 그에게, 모든 게 팬시해졌다면서 그게 오늘의 문제라고 말했지. 그는 입술 밑을 두어 번 긁더니 말했어. 예쁜 건 패션의 허물이야, 그 허물을 덮어주지도 못하면서 어떻게 그걸 사랑해.

몇 차례 비슷한 대화를 나눈 뒤, 나는 자연스럽게 패션에 어떤 의미를 기대하는 게 오히려 자의식과잉일지 모른다는 생각을 하게 되었고, 따라서 패션에 달관한 듯한 태도로 실상 냉소하는 게 얼마나 허술하고 취약한 태도인지 어렴풋하게나마 이해하게 되었지. 그가 어떻게 이 게임에 이토록 능수능란한지도 말야. 그리고 그 깨달음과 동시에 그에 대한 호감이 사그라들었어. 그가 서울에 머물 시간은 얼마 남지 않았고, 별스럽게 이별을 통보하거나 부러 다투고 싶지는 않았지. 계절의 어디쯤인지 짐작할 수 없는, 변치 않는 나날들. 어떤 때는 매일이 화요일 같고 또 어떤 때는 며칠 내내 목요일 같았지. 수요일 같은 일요일을 보내면 곤혹스럽기도 했지만, 학창시절에 익힌 요일 감각을 평생 끌고 갈 필요가 없단 생각이 그 맘을 달래주기도 했어. 그래도 밤이 오면 괴로웠지. 빨리 이 계절이 끝나길 바랐어. 무엇보다 나를 견딜 수 없게 한 건, 갑자기 스케치를 하는 그의 습관이었지. 카페에서 얘기를 하다가 돌연 말이 없어지고 황급히 주머니에서 연필을 꺼내 티슈에다가라도 선을 그어댈 때, 그럴 때, 유난을 떠는 것 같을 때, 그게 유난이 아닌 걸 알아서 더 싫었어. 뭔가 근사한 거란 걸 알아서, 내가 되레 유별나지 않은 거 같아서 좀스러운 기분이 들었지. 그는 소외시키는 법을 알았어. 앞에 있는 사람을 철저하게 외롭게 만들 줄 알았어. 그러다 문득 고갤 들어 이런 얘길 했지. 평생 칠교놀이를 한 것 같아. 쓸 수 있는 조각은 정해져 있는데 그것들을 하릴없이 이렇게 저렇게 뒤섞으면서 말이야. 무한히 많은 조합이 있겠지만 그럴싸해 보이는 건 이미 다 정해져 있는 것 같고.

나는 그의 말에 별 반응을 보이지 않고 무심코 카페 천장을 올려다보았는데, 하얀 슬레이트 벽에 일정 간격으로 갈고리가 달려 있는 게 눈에 띄었어. 여기가 무슨 도살장도 아닌데 왜 저런 게 저기에 저렇게 달려 있는지 의구심이 들었지. 어쩌면 여기가 전에는 정말로 그런 곳이었는지도 모른다고 생각했어. 냉동창고나 목공소, 철물점 따위를 개조해서 카페로 꾸미는 건 어느덧 퍽이나 오래된 유행이었고, 도살장이라고 카페가 되지 말란 법은 없으니까. 그러고 보니 이 집 커피 끝맛에 비리고 짭조름한 피맛이 느껴지는 것 같기도 했지. 커피를 볶을 때 선지를 조금 섞는 게 아닐까. 그게 이리 잘되는 비법인지도 모르지.

그는 내가 딱히 말이 없자 천장을 올려다보는 내 모습이 귀엽다고 말했어. 나는 그가 왜 나에게 귀엽다고 하는지 알았지. 귀여워하지도 않으면서, 말은 그렇게 하는 이유를 알았어. 그러지 않고선 나를 견딜 수 없으니까. 내가 자신에게 냉소하고 있단 걸 알면서도 그저 장난스럽게 놀리는 걸로 받아들이려고, 그래서 그랬던 거지. 괜찮냐는 물음에 괜찮다고 했어. 그는 내게 패션지 프로젝트를 줄이고 온전히 개인 작업에 집중하는 시간을 늘려보라고 말했지. 물론 그땐 이미 쓴소리가 더이상 약이 되지 못하고 입맛만 버리게 할 때였어.

상하이 컬렉션은 그의 최초의 실패가 되었고, 수화기 너머에서 그는 아무렇지 않은 듯 말했지. 오해가 있었다, 라고. 그러고는 서울에 들르지 않고 바로 미국으로 돌아가야 할 것 같다고 했어. 난 그 말이 내심 반가워서 이번 상하이 컬렉션은 너무 마음 쓰지 말라고 말해버렸지. 그는 서울에서 오래 작업을 하는 게 아니었다고 대꾸했어. 상하이 상황을 너무 몰랐다면서 말이야. 내 탓을 하는 거였지. 그래, 위로는 모두에게 필요하지만 그것을 받을 만한 사람은 별로 많지 않아. 대부분은 그저 어리광이나 난동을 피우고 싶을 따름이지. 난 오랫동안 그에게 하려 했던 말을 하고 전화를 끊었어. 모든 걸 비판할 생각이 아니면 아무것도 비판하지 마.

창밖 멀리 구름이 합쳐지고 있었지. 틈을 채우고 홈을 메우고 있었어. 번개를 일으키기엔 미숙해 보였지만 부슬비 정도는 흩뿌릴 수 있을 듯싶었지. 7월의 뒤편엔 어느 계절이 맞붙어 있는지. 네가 떠나던 여름에도 이런 하늘을 봤던 것 같은데. 재현할 수 없는 건 모두 아름다워. 같은 구름은 다시 없고, 마셨던 물을 또 마실 일은 없어. 내가 찍은, 그 수많은 예쁜 것들의 예쁜 사진들이 기어코 모두 싫어졌어. 나는 결국 네가 된 걸까. 너의 모든 색들이 다시 궁금해. 녹황색 머리카락과 밤색 눈, 진홍색 입술과 흰 손톱, 결마다 다른 피부 빛깔과 색색깔의 점들. 흰색의 냄새, 널 사랑하는 한 난 행복할 수 없을 거야. 그리고 나의 이런 일편단심을 들킨 것처럼, 나는 그 여름의 끝자락에 너의 스케치북을 받았지.

*

모르는 것을 이야기하면서 아는 것을 총동원하는 건 분명 아이러니야. 파리 5구 제3우체국은 너의 사서함 계약이 만료됨에 따라 그 안에 보관되어 있던 우편물들을 반송했어. 내가 받은 봉투 겉면의 발송인란에는 네 글씨로 내 이름과 주소가 적혀 있었지. 내 생각은 이랬어. 사서함 계약 만료시 미회수 우편물의 처리 방식에 대해 너는 모르지 않았을 거야. 즉 그 스케치북을 다른 사람의 손을 빌리지 않고 내게 보내기 위해선 어떻게 해야 하는지 아주 잘 알았겠지. 넌 그렇게 내가 보내지도 않은 물건의 발송인란에 내 이름을 적어두었던 거야. 그러니까 너는 적어도 이게 내게 언제 올지, 내가 이걸 받고 어떤 생각을 할지 예상했을 거야. 다른 가능성을 배제할 이유는 없었지만, 이보다 더 그럴싸한 시나리오를 상상하긴 어려웠어.

나는 이 스케치북으로 뭘 해야 하는지 알았지. 네가 뭘 하라고 하진 않았지만 모를 수 없었어. 모두가 찾고 있는 그것이 내 손에 들어왔으니 내가 할 수 있는 건 명백했지. 네 컬렉션을 재현하는 것. 네가 예쁘게 망친 것들을 다시 그대로 되살려놓는 것. 그리하여 그걸 갖고자 하는 이들의 손에 마침내 쥐여주는 것. 그럼으로써 얼마의 돈을 버는 것. 그 돈으로 너를 추억하는 몇몇 소란스러운 이벤트를 기획하는 것. 이 모든 소란에 대한 품평을 듣는 것.

나는 우선 이네스에게 메일을 썼지. 그게 제일 그럴싸한 시작 같았어. 내가 너의 스케치북을 받았고 여기에 모든 디테일이 있다고, 따라서 나는 너의 카루젤 뒤 루브르 컬렉션을 그대로 복각할 계획이며, 이는 네가 내게 남긴 마지막 미션이라고 했지. 전송 버튼을 누르기도 전에 벌써 그녀의 올라간 입꼬리가 눈에 선했어.

이네스의 피처 기사가 나간 뒤 파리 패션 위크 운영위에서 먼저 연락이 왔지. 다음 봄/여름 컬렉션 때 카루젤 뒤 루브르의 대관이 가능하며, 스케줄 또한 조정할 수 있다고 말이야. 우리 모두 NIMAD를 그리워하고 있다고. 너는 되살아날 준비를 마친 듯했지. 나는 우리옷수선 최사장님한테 연락을 했어.

"요번에도 파리에 데려가는 거예요? 그때 정말 재밌었는데."

"아뇨, 이번에는 보안에 신경을 써야 해서요. 서울에서 완성해서 가져갈 거예요. 어떻게, 한번 더 도와주실 수 있죠?"

"암요. 나야 맡겨만 주면 원하는 대로 해드리는 게 일이니까. 그리고 이건 돈 안 받고도 할 수 있어요. 시간만 충분히 주면 짬짬이, 순전히 내 재미로다가."

"에이, 아녜요. 보수는 당연히 드려야죠. 그때 일이 좋으셨나봐요."

"아유, 너무 재미있었죠. 어떻게 들으실지 모르겠네. 그러니까 내가 옷 고치는 걸로다 벌어먹고 살긴 하지만 늘 좀 이상하게 생각하긴 하거든요. 왜 새 옷을 사다가 고쳐 입어야 할까. 거 생각해

보면 이상하잖아요? 기성복이 맞춤은 아니라지만 그래도 사는 사람들이 빤히 정해져 있는데, 체형에 맞는 옷을 애초에 안 만든다는 게 웃기잖아요. 나 먹고살라고 그러는 건 아닐 테고. 그럼 어디다 대고 옷본을 뜬 거겠어요? 적어도 우리집에 오는 손님들은 아닌 거지. 그때 그거 만들면서 처음 그런 생각을 했어요. 이 옷은 누가 입어도 고칠 필요는 없겠구나. 원체 제멋대로라, 크게 입건 작게 입건 꼭 맞춰 입건 제멋이겠구나, 다들 이런 옷을 만들면 나는 망하겠네, 유행하면 어쩌나, 속으로 생각했죠."

최사장님이 작게 웃었어. 네가 참 사람을 잘 본다는 생각을 했지. 정작 똑 부러진 건 내가 아니라 너였는데 왜 사는 일은 그런 식으로 풀리지 않는지. 순전히 네가 무슨 일이든 그렇게 제풀에 풀리도록 내버려두지 않은 탓이겠지. 넌 네게 주어진 걸 당최 그대로 받아들이지 못했으니까. 나는 전화를 끊고 잠시 생각했어. 네가 했던 것을 하려면, 네가 했던 것처럼 해야 하는 걸까. 그러니까 내게 주어진 대로 하는 게 아니라 네가 이걸 망쳐놓았던 것처럼 여기서 무언가를 더 망쳐놓아야 하는 게 아닐까. 일을 더 그르쳐야 되는 걸까. 지퍼, 단추, 매듭. 그 예쁜 디테일들을 네가 마구잡이로 뒤섞어놓았듯이 내가 그것들을 다시 원래 제자리로 되돌려놓아, 네 시도를 착오로 만들어놓아야 하는 걸까. 그렇게 네 옷들을 다시 그럴싸한, 그러나 그저 그런 것으로 고쳐놓을까. 혹시 그게 네가 바란 걸까. 속이 복잡했지.

하지만 결국 난 그러지 않기로 했어. 그 이유는 세 가지였지. 첫째, 수정은 번거롭다. 둘째, 자신이 없다. 셋째, 아무도 이를 원하지 않는다. 사람들은 네 컬렉션이 정확히 어떤 생김새였는지는 알지 못했지만, 적어도 그게 지극히 불편하고 어정쩡한 모양새였다는 것만은 정확히 기억했지. 그러니까 내가 그 숱한 하자들을 수정 보완하면, 그들은 필시 나를 조롱할 거였어. 따라서 결론은 내려졌고, 난 내가 망쳐야 할 부분이 뭔지 깨달았지. 그래, 어쩔 수 없이 다를 수밖에 없는 건 단 한 가지, 모델이었어. 네가 없었지. 더군다나 사람들이 그 지리멸렬한 연극을 다시 봐줄 이유 또한 없었어. 나는 일반적인 패션쇼처럼 의상 수에 맞춰 모델을 섭외하고, 착장 패턴도 재량껏 수정해서 선보일 차림새와 그 순서를 정했어. 제법 그럴싸한 패션쇼가 펼쳐질 게 눈에 선했지.

*

스케치북에 달라진 게 조금도 없기 때문이었을까. 읽었던 책을 다시 읽는 것처럼 수월하게 일 년이 지나갔지. 그렇게 나는 다시 파리의 전망 좋은 방에 입실했고, 이틀 뒤 의상들 또한 무탈하게 배송되었어. 나는 스위트룸의 널찍한 옷장에 그것들을 하나하나 걸어놓았지. 보기 좋았어. 최사장님은 더도 말고 덜도 말고 그때 그대로 그것들을 망쳐놓았지. 문제될 건 없어 보였어. 나머지

실무적인 제반 사항들도 순서대로 처리되었고, 쇼는 기념일을 기리듯 네 컬렉션이 있었던 날짜와 같은 날에 열리기로 예정되었지. 바라는 게 별로 없기 때문이었을까. 바뀔 것도 바꿀 것도 딱히 없었어. 남은 하루하루가 그저 그날을 위한 이미지 트레이닝으로 채워지는 것 같았지. 다시 말해, 빈 시간이 많았어.

오늘 오전엔 네가 준 『인어공주』의 뒤표지에 찍힌 스탬프를 보고 마레의 그 책방을 찾아 나섰지. 우영미 매장 바로 옆 골목이더라. 꽤 오래전 우영미가, 남자의 몸이 여자의 몸보다 더 아름답다고 주장했던 게 떠올랐어. 그때 그 말은 내게 퍽 통쾌한 위로가 되었지. 이상적인 남체로 그리스 조각상을 들며 남성들이 여성의 몸에 들이대던 것과 같은 잣대를 그들의 몸에 갖다댄 그녀가 부럽고 또 몹시 고마웠어. 한국 유학생들은 티켓이 없어도 쇼에 들여보내라고 지시했던 마담 우. 그러기 위해 제 쇼의 가드들과 언쟁하길 불사했던 디자이너. 너 역시 그녀를 생각하며 책방 유리문을 밀었을까.

우연치고는 꽤나 고약한데, 그 책이 꽂혀 있던 서가 앞에서 너와 함께 안트베르펜에서 만났던 앤 드뮐미스터 매장의 홀 매니저와 마주쳤지. 그는 나를 위아래로 훑더니 고갤 돌렸고, 나는 그가 우리의 쇼를 보러 파리에 온 거라 확신했지. 나는 그를 한눈에 알아보고선 곧장 다른 섹션으로 발을 돌렸어. 그리고 그가 서점에서 나가는 것을 확인하고 나서야 다시 그 앞으로 갔지. 네 말대로 안데르센의 연애편지 모음집이 『인어공주』와 같은 눈높이에 나란히 꽂혀 있더군. 또 네가 강조했던 대로 네가 내게 선물한 1959년판 영역본은 제법 재고가 많았어. 부담 갖지 말라더니, 비싼 건 따로 있다더니 정말이었어. 그 생각이 든 순간부터 그게 무얼지 궁금해졌지. 난 가지런한 책등을 손끝으로 쓸면서 그걸 찾기 시작했어. 하지만 유별나게 비범한 판본은 좀처럼 보이지 않았지. 얼마 지나지 않아, 그런 게 있다면 당연히 여기에 꽂혀 있을 리가 없단 생각이 뒤미처 들었어.

나는 카운터로 갔지. 『인어공주』 초판본을 찾는다고 말했어. 하얀색 헤비메탈 프린트로 뒤덮인, 검은색 반팔 티셔츠를 입은 여자가 그런 건 여기서 구할 수 없다고 했지. 그러더니 그 비슷한 건 있다면서 창고로 가서 한참 뒤에 비닐로 밀봉된 책 한 권을 들고 왔어. 1856년 개정 증보판이라더군.

"원본에 가까워요. 살 돈 있어요?"

"얼마인데요?"

"그냥 해본 얘기예요. 안 팔아요."

"왜요, 내가 못 살 거 같아서요?"

"아니, 찾는 사람이 많아서 조만간 옥션에 내놓으려고요."

"아하."

"연락처 남기면 나중에 경매할 때 알려줄 테니, 관심 있으면 지금 말해요."

"좋은 판본인가봐요."

"말했잖아요, 원본에 가깝다고."

"『인어공주』가 다 『인어공주』인 거 아녜요?"

"당신, 관심이 없군요."

"그런 건 아닌데, 잘 몰라요, 실은. 몇 년 전에 친구가 이 책방에서 『인어공주』를 사서 선물해줬거든요. 근데 진짜 좋은 건 따로 있다길래 그게 뭔지 궁금해서 한번 와본 거예요."

"그 책 지금 있어요?"

"여기요, 1959년판 영역본이에요."

"아, 공공도서관용이네요."

"그렇군요, 흔한 거라더니, 당신이 그렇게 말했었나보네요."

"아마 그랬을 거예요."

"그럼 진짜 좋은 건 뭐가 다른데요? 더 오래됐단 거 말고, 뭐가 달라요?"

"결말이 다르죠."

"네?"

"끝이 다르다고요, 원판에서는."

"네? 인어공주가 물거품이 되는 게 아니고요?"

"아뇨, 물거품은 되죠. 그 정도로 다른 건 아녜요."

그녀는 내 충분한 관심을 확인한 듯 등받이 의자에 몸을 깊숙이 밀어넣고 비닐 포장을 만지작거리며 이야기를 시작했어. 네게도 그랬니? 그녀에 따르면, 초판에서 물거품으로 변한 인어공주는 따뜻한 햇살을 느끼며 공기의 딸이 된다고 하더군. 다시 말해, 구천을 떠도는 혼이. 그리고 대기 속에서 또다른 공기의 딸, 즉 그녀의 새로운 의자매에게서 이런 절망적인 얘길 듣는다고 했지. '인류에게 삼백 년 동안 좋은 일을 베풀면 넌 천상의 왕국에 들어갈 거야.' 이때부터 헤비메탈 티셔츠는 짐짓 화난 표정으로 이야기를 이어갔어.

"만약에 인어공주가 이러한 자신의 운명을 알았다면, 장담컨대 왕자의 가슴 깊숙이 단도를 박아 넣었을 거예요. 설상가상 안데르센은 추후에 약간의 수정을 가하기까지 했죠. 아이들이 착한 일을 하면 그 인고의 삼백 년에서 일 년이 깎이고 나쁜 짓을 하면 하루가 더 늘어난다고 말이에요! 이게 말이 돼요?"

내가 대꾸를 하건 말건, 그녀는 카운터의 컴퓨터 모니터를 내 앞으로 돌린 다음, 구글에서 『메리 포핀스』의 작가 패멀라 린던 트래버스가 안데르센에게 남긴 말을 능숙하게 검색했지. 한두 번 해본 눈치가 아니었어.

안데르센, 이건 협박입니다. 아이들이 이 사실을 알고도 아무 불평을 하지 않은 건, 순전히 당신에 대한 아량일 겁니다.

"그는 인어공주를 볼모로 삼은 거예요! 심지어 이 이야기에는 배경이 되는 시대가 언제인지도 나와 있지 않아요. 삼백 년 후가 언제쯤인지조차 전혀 알 수가 없다고요. 초판이 나온 게 1836년이니 그때를 기점으로 잡으면 2136년이 되어야 인어공주의 인간 사회 의무 봉사 기간이 만료되는 거죠. 물론 그마저도 만국의 아이들이 꼼짝 않고 가만히 있는다는 전제하에서 말이에요! 이미 글렀는지도 모르죠. 아니, 애초에 글러먹었을 거예요. 지금까지 얼마나 많은 일이 있었나요! 그러고 보면 아이들은 참 착하기도 하죠. 이러고도 별소리를 않다니요. 후에 안데르센이 그 부분을 쏙 빼놓은 것도, 실은 애들한테 미안해서가 아니라 책을 더 팔아먹을 심산에서였을 거예요. 말하자면, 내가 그렇게까지 너희들을 겁주려던 건 아니다, 이거죠."

"그런데 왜 하필 삼백 년이죠?"

"거야 내가 아나요. 그냥 대놓고 '영원히'라고 말하고 싶지 않았던 게 아닐까요. 인어공주가 천상의 왕국에 들어갔는지 못 들어갔는지 영원히 알 수 없게 말이죠. 그래서 아이들이 영영 착하게 지내도록 말이에요."

그녀가 지나치게 열을 내는 바람에 나는 몸을 뒤로 물리고 다시 서가 쪽으로 발을 돌리는 수밖에 없었지. 그대로 놔뒀다간 애먼 내게 입찰하겠다는 다짐을 기어이 받아낼 듯싶었어. 나는 서점 안을 빙빙 돌다 그녀가 다른 손님을 잡은 새 밖으로 나왔지. 그리고 한 가지 확신을 얻었어. 네가 완전히 사라질 수만은 없단 것. 난 그길로 튈르리로 갔어.

*

공원의 여느 노인처럼 벤치에 앉아 네 스케치북을 펴고 빈 페이지에 정원을 스케치했지. 그러려던 게 아니었는데 어쩌다 허술해진 원근법이 마음에 쏙 들었어. 클로즈업을 쓴 지 오래되었다는 사실이 떠올랐지. 왜 그랬을까. 내일 쇼가 끝나면 모든 카메라의 단렌즈를 갈아끼워야겠단 생각을 했어. 무언가를 가까이 당겨본 지 너무 오래되었어. 그럴 엄두가 나지 않았던 걸까.

나는 내가 방금 그린 오디나무 아래로 가서 누웠지. 영 잘못 그렸단 생각이 들었지만 대수롭지 않았어. 날이 좋았고, 이파리 하나가 허공을 맴돌았지. 바닥에 내려앉을 듯하다가 다시 위로 위로 쉼없이 돌고 돌고 그러다 내 이마 위로. 나는 지금 여기 왜 이렇게 누워 있을까. 어쩌다, 어째서. 우리는 알 수 없는 이유로 아름답지 못했지. 예쁘단 이유로 우릴 예뻐한 모든 이들이 싫었어. 그래, 우리는 뭔가 다른 이유로 사랑받고 싶었지. 그럴 수 있을까. 앞으로 무슨 일이 일어날까. 나는 눈을 감고 우리 처음 만난 날을 떠올려. 내 눈 속의 오로라.

3장
미래

내가 여읜 친척들의 생김새가
더 옛날의 옷차림을 한 다른 사람들 속에도 있었고,
그들은 한결같이 나를 자식처럼 반가이 맞아주었다.

제라르 드 네르발, 「오렐리아」

우리는 패션이란 단어를 대체할
새로운 단어를 발명해야 합니다.

드리스 반 노튼

다민, 너는 지금 어디에 있니. 이 도시 어디쯤, 어느 전망 좋은 방 창가에 서 있을까. 혹시 내 옆방에 네가 있는 건 아닐까. 발코니에 담배를 피우러 나갔다가 얼굴을 마주치게 되는 건 아닐까. 그럼 어떻게 될까. 우린 서로 모른 체할까. 아, 이러려던 게 아니었는데, 하면서?

아직 다음 여름은 기약할 수가 없어. 하여간 우리는 계절을 앞당겨 살지. 네가 사라진 날도 오늘 같은 9월 말이었지만 그때 너는 이미 그 계절 속에 있었어. 지금도 마찬가지야. 여전히 나는 아무것도 모르지. 사뭇 모든 게 비밀스러워지고 있어. 에디 슬리먼은 2002년 이브 생로랑의 은퇴와 함께 중단되었던 오트 쿠튀르 라인을 십수 년 만에 부활시키는가 싶더니, 이를 대중에게 공개하는 대신 극소수의 사람들에게만 공유하고 판매할 것이라 공표하였지. 이를 일컬어 프라이빗 컬렉션이라 하더군. 그는 사생활만이 오늘날에 유일하게 남겨진 사치라면서, 이제는 누가 무엇을 입는지조차 알 수 없게 패션 하우스의 빗장을 걸었어. 그러더니 정작 자신은 이브 생로랑을 떠나더군. 브랜드의 수익을 두 배로 상승시켜놓은 뒤였지. 그뿐만이 아니야. 쉽사리 패션계로 돌아올 수 없을 것 같았던, 그러길 바랐던 존 갈리아노는 몇 년에 걸쳐 여기저기 지분거리더니 기어이 메종 마르탱 마르지엘라의 크리에이티브 디렉터로 업계에 복귀했지. 파리에서 가장 비밀스러운 패션 하우스의 수장이 반유대주의자라니, 블랙코미디가 따로 없었어. 왕년의 게슈타포가 튈르리의 레지스탕스들에게 훈수를 두는 격이지.

어디서 뭘 하고 있건 너도 이 모든 소식을 모르지 않을 거야. 너에 비할 바 있겠냐만, 그래, 다들 무언가를 감추고 있어. 이제 정말 입고 벗는 일은 전부 수수께끼가 된 걸까. 적절한 힌트를 아는 사람이 아니면 좀체 알 수 없는, 답답하고 은밀한 게임이 된 걸까, 패션은? 누가 누군가의 이름을 대신하고, 그렇게 그럴싸한 무언가를 만들어내고 또 유행시키고 하는 일이, 이젠 거리의 풍경과는 일절 무관한 먼 세상의 얘기가 된 걸까. 그렇게 패션 또한 미의 만행을 묵인한 대가로, 결국 이렇게 예술의 전철을 밟는 걸까. 아는 사람만 아는 조롱거리를 자처하는 걸까. 전혀 그럴싸하지 않은 이 연극 속에서 너는 진정 물거품이 되어버린 걸까. 구태여 사라지기까지 한 네 눈물겨운 노력은 정녕 수포로 돌아간 걸까. 그러니까 그건 정말 쇼에 불과했을까.

*

세상에서 가장 불가분한 것은 아름다움과 예쁨이지. 미추의 원리는 애증의 생리를 닮아서 뭐든 아름다워질수록 어느 한편으론 추해질 수밖에 없지만, 그 와중에 예쁨은 오만하게 제 상태를 유지해. 다시 말해 예쁨은 미추의 경계를 갈라놔. 예쁘다는 건 사물에 대한 명백한 판단 기준이지. 예쁜 것과 아닌 것. 딱 보면 알지. 반면 아름다움은 예쁨과 달리 나눌 수 없어. 예쁘다, 아니다는 각자가 가진 취향의 소관이지만, 내가 느낀 아름다움을 누군가 느낄 수 없다면, 이에 대해 그와 나눌 수 있는 얘기는 조금도 없지. 그건 완전한 무감각에 다름 아니야. '이게 예뻐?'라는 물음은 흔하지만 '이게 아름다워?'라는 질문은 성립할 수조차 없어. 알 수도 느낄 수도 없는 것에 대해선 응답할 수 없기 때문이지. 무슨 말을 어떻게 하겠어. 아름다움에 관한 의문은 모두 언어도단이야. 인어공주가 목소리를 잃지 않았대도 왜 그랬냐는 물음에 할말은 없었을 거야.

어두워진 튈르리를 나와 호텔 룸으로 돌아왔을 때 창밖 멀리 에펠탑 꼭대기에 조명이 들어오는 게 보였어. 잃어버린 무언가를,

혹은 숨어버린 누군가를 찾는 듯 서치라이트가 도시의 상공을 휘저었지. 저렇게 허공을 수색한다는 게 퍽 그럴싸했어. 저 빛이 네게 닿았을까. 그랬다면 이 도시는, 이 거리는, 나는 너를 되찾게 될까. 너를 다시 만나고 싶어.

그때 도어벨이 울렸지. 이 시간에 누굴까. 배가 고팠지만 룸서비스를 시키진 않았는데. 나는 문 앞에서 누구냐고 물었지. 아무런 대답이 없었어. 재차 물었지. 마찬가지. 묵묵부답인 건지 방음이 심각하게 좋은 건지 알 수 없었어. 나는 외시경으로 바깥을 확인했지. 이네스였어. 코안경과 콧수염도 함께. 물론 둘 다 더는 그런 것들을 얼굴에 달고 있지 않았지만 말이야. 내가 묵는 곳까지 훤히 알고 있으니 그 나머지도 죄 아는 눈치인데, 문을 열어주는 수밖에 없었지.

"이네스! 깜짝 놀랐잖아요. 내 방이 여긴 줄 어떻게 알았어요, 거기다 이 시간에?"

"미안, 많이 놀랐지. 아직 자고 있을 것 같진 않아서. 자기 서프라이즈 좋아하지 않아? 자기 메일 받고 내가 얼마나 놀랐는데. 이번엔 내가 놀래켜주려고 말없이 왔지."

"그래요, 그래요, 아무튼 오랜만이에요. 잘 지냈죠? 그런데 진짜 어떻게 알았어요, 여긴 줄?"

"어떻게 알긴. 패션 위크에서 알려줬지 뭐. 이 컬렉션 소식을 이 바닥에 처음 알린 게 난데 그것도 안 알려주겠어? 자기가 나한테 알려준 거잖아."

"그건 그렇네요. 기분 나쁘다는 건 아니에요. 혹시 어디서 무슨 정보가 새고 있나 해서 그런 거니까 오해는 말아요."

"걱정 마. 정보가 새더라도 김빠져서 좋을 사람 아무도 없으니까."

"그런데요?"

내 되물음이, 그런데 왜 굳이 여기 이 시간에 쳐들어왔냔 말이라는 걸 그녀가 모를 리 없었어. 이네스를 따라온 둘은 동시에 안쪽으로 한 발을 내디뎠지. 적어도 둘 중 하나는 녹음기를 켠 게 분명했어. 대체 뭘 캐낼 속셈이지? 아직도 이러고들 있네. 당최 언제쯤이면 건전한 정신이 깃들는지. 그 상황이 불편하면서도 은근히 즐기게 되더군. 네 덕에 별걸 다 겪어봐.

"난 그냥 자기가 너무 긴장해 있을까봐. 걱정 말라고 얘기해주러 왔지."

"괜찮아요. 적당해요. 뭐 엄밀히 말해 내 쇼도 아닌데요 뭘."

"그래도 다들 얼마나 기대를 하고 있다고. 물론 올해의 메인이벤트가 샤넬 크루즈인 건 변함없겠지만, NIMAD를 보러 온 바이어도 적지 않은 것 같던데. 준비에는 아무 문제 없는 거지?"

샤넬에 빗대다니. 유치한 수. 그래서 대체로 먹히는 수법.

"뭐, 쇼는 어찌어찌 되겠죠. 옷 있고, 모델도 있으니. 양산이랑 유통은 아직 정해진 게 없어요. 제 소관이 아닌 것도 같고."

"차연, 안 본 새 너무 시니컬해졌다. 다민을 생각해."

능숙한 도발.

"생각하니까 여기까지 와서 이러고 있죠. 제멋대로 할 수 있는 일도 아닌데, 제 맘대로 할 순 없잖아요. 일단 반응부터 봐야죠."

"반응?"

일단 방에 들인 이상, 알면서도 속아주는 이 게임을 시작한 데엔 내 책임도 있는 거겠지. 서로 주고받는 걸 확실히 해야 할 필요를 느꼈어.

"내 정신 좀 봐. 계속 문 앞에 서 있게 했네요. 들어와요. 뭐 좀 마실래요?"

"그래도 돼? 이거 너무 결례인데. 나는 그냥 정말 자기 얼굴 보고 응원하러 온 거야."

"그럼요, 잘 왔어요. 근데 우리 둘만 얘기하면 좋을 거 같은데, 미안하지만. 오늘은 좀 릴랙스해야 하잖아요. 그쵸?"

그래, 너라면 그랬을 거야. 그래서 나도 그랬어. 재네가 내 크레디트를 훔치려 했던 걸 잊으면 안 돼. 그래야 나도 재네도 다음을 기약할 수 있으니까, 모두를 위한 거야. 코안경 없는 코안경과 콧수염 없는 콧수염에게 이네스가 더없이 너그러운 말투로 오늘은 이만 가서 쉬라고 말했지. 곧 문이 닫혔고 저절로 잠기는 문이 미더웠어. 돌아서는 발소리도 들리지 않았지. 문 너머로 둘이 내 뒷담화를 하는 게, 따가운 시선을 보내는 게 반가이 여겨졌어. 그래,

자신에게 유리하게끔 관계를 역전시키는 건 대개 즐거운 일이지. 하지만 그 작은 쾌감과 더불어 이 기쁨은 온전히 네게 빚진 거란 사실이 상기되었어. 필시 바깥의 둘은 그랬겠지. '다민이 아니었음 아무것도 아닌 게.' 알아, 틀린 말이 아냐. 그만큼 내가 할 말도 정해져 있었지. '그래, 그러니까 네가 너 자신에게 물어봐. 넌 왜 다민에게 내가 되지 못했는지.'

"그래, 차연. 뭐 있어?"

"위스키 샘플러도 몇 개 있고, 웰컴 와인도 아직 안 땄고. 술 싫으면 차도 있어요."

"자기는 뭐 마실 건데."

"난 스카치나 한잔하고 자려고 했죠."

"아무튼 자기나 다민이나 올드한 구석이 있어."

"칭찬으로 들을게요. 그럼 스카치죠?"

"응, 얼음 있어?"

"아뇨, 달라고 할까요?"

"아니, 괜찮아. 편하게 있자."

그래, 이번엔 진짜 발렌타인 30년산이 있었지. 얄짤없이 진짜. 거기다 시차 적응을 위해 챙겨 온 수면 유도제를 좀 부숴넣었어. 기억이 비는 게 흠인 대신 눈뜨면 상쾌한 걸로.

"쇼는 좀 봤어요?"

"응, 올해는 어쩐지 흥이 안 나네. 큰일은 이미 다 지나간 것 같기도 하고 말야. 피에르도 떠나고 꼴레뜨도 닫고. 이제 라거펠트 영감만 남은 거 같네. 제일 먼저 갈 줄 알았는데. 부고를 챙기다보니 부쩍 늙은 기분이야. 자기 보니까 옛날 생각 나나보다."

"그러게요. 이번 십 년은 지루할 줄 알았는데. 그렇지만도 않네요."

"진짜 애늙은이라니까. 아직 2018년이야. 자기는 그럼 지루할 줄 알았으면서 왜 이 바닥에 발을 들인 거야?"

"멋모르고 건방졌던 거죠. 내가 지루하지 않게 만들어놓을 수 있을 줄 알았나봐요, 그땐."

"자기는 할 만큼 했어. 자기 같은 사람들이 애쓴 덕에 이만큼 버틴 거지. 적어도 사람들이 십 년 전보다 옷을 잘 입는 건 사실이잖아."

"그런가요? 그렇게 돌아가도록 한 사람들은 따로 있는 거 같은데. 그 수많은 컬래버레이션들, 이제는 다 기억도 안 나네요."

"그래서 반응을 본다는 거야?"

"그런 셈이죠. 아직은 그냥 일회성 이벤트에 가깝잖아요. 브랜드 등록을 한 것도 아니고, 투자자가 있는 것도 아니고. 더군다나 다민이 없는 마당에 당장 다음 시즌은 어떻게 하고요."

"그래, 그렇지. 나도 그렇게 생각했었어."

"바이어들이 붙고 투자자가 나오면 그땐 생각해봐야죠. 소문이 잘 나면, 디자이너는 찾을 수 있지 않겠어요?"

"그래, 잘될 거야. 내가 많이 도와줄게. 내일 쇼 리뷰는 내가 직접 쓸 거야. 다른 에디터들은 건들지도 못하게 할게."

"그래야죠. 내가 왜 당신한테 이 소식을 제일 먼저 알렸겠어요."

"응?"

"한 번도 생각 안 해봤어요, 설마?"

"거야, 우리 관계가 있으니까. 또 자기랑 다민 둘 사이야 내가 이 동네서 제일 잘 알잖아, 아냐? 시작부터 쭉 봐왔는데. 그런데 내가 왜 이런 설명을 해야 해?"

"맞아요. 당신이 제일 잘 아니, 제일 잘 쓰기도 하겠죠. 성의를 다해서. 무엇보다 그게 당신에게 든든한 알리바이가 돼줄 테니까요."

"지금 무슨 얘길 하는 거야?"

"알면서 왜 이래요. 다민이 금발로 탈색한 다음에 당신이 쓴 칼럼, 꼭 내 입으로 얘기해야 해요? 걷는 바나나? 아시안 모델들의 코스튬플레이? 다민이가 자기가 원해서 그런 게 아녔던 거 잘 알잖아요. 에이전시에서 그렇게 하도록 한 거. 그리고 만약에 지가 원해서 그랬대도, 그러면 그게 또 뭐가 어때서요?"

"저기, 잠깐. 갑자기 왜 이래. 그거 오해야. 나는 아시안 모델들이 다 자기만의 매력이 있는데 하나같이 금발 염색하고 눈화장하고 그러는 게 안타까워서, 그래서 에이전시 매니저들 들으라고 그런 거지. 그때 아시안 모델 캐스팅 분위기가 얼마나 좋았는데, 알잖아 자기도. 그 무드 원하는 디자이너들이 얼마나 많았는지. 나, 절대 다민한테 나쁜 소리 했던 게 아니야. 자기 정말 그렇게 생각하면 안 돼."

"그럼 다민이 사진이랑 그 제목은요?"

"차연, 나 지금 너무 당황스럽다. 왜 그래 정말. 진짜 나는 오늘 응원해주러 온 건데."

"갑자기요?"

"그래, 알겠어. 내가 오늘 잘못 왔나보다. 일이 많았을 텐데. 미안, 정말 미안. 내가 방해했네. 갈게, 쉬어."

잔은 비어 있었고 이네스는 걸음을 휘청거렸지. 아주 불안하진 않았어. 왜 그렇게 못되게 군 걸까. 그녀만 그랬던 게 아닌데. 더욱이 딱히 앞장을 섰던 것도 아닌데. 여느 호사가들과 마찬가지로 그때 그런 분위기를 읽고, 단지 제 직업적 전문성을 발휘했던 것뿐인데. 그게 그 사람 일인데 뭐가 문제일까. 대체 뭐가. 그래, 다름아니라 바로 그게 문제지. 되는 대로 하는 거. 될 일만 하는 거. 재단은 물론이거니와 언감생심 재봉질 하나 제대로 할 줄 모르던 네가 돌연 제 옷을 스스로 짓겠다고 한 게 어째선데. 누가 그렇게 만든 건데. 걷는 재주밖에 없던 네가 왜 런웨이에서 제 발로 내려와야 했는데. 그래, 잘하고 좋아하는 일을 계속하는 건 비겁해. 열심히 노력해야 그나마 중간은 가는 일을 해야 해. 그래야 사람들을 이해할 수 있어. 자신이 좋아하는 일이 뭔지, 잘하는 게 뭔지,

알지도 못하고 알 수도 없었던, 그런 무수한 사람들을 말이야. 제가 좋아하는 일을 잘해서 얻은 것들이, 실은 아무리 노력해도 중간에 그치는 일을 하지 않아도 되기 때문이란 걸 알려면, 뭐든 어느 시점엔 그만둬야 해. 장기를 내려놔야 해. 이네스, 당신은 그러지 않았던 거야. 장기를 살리는 데 정신이 팔려서 제가 뭘 하는지도 모르고 신나게 펜대를 굴려댄 거야. 그런 제목에 그런 사진을 박아 넣으면 그런 반응들이 즉각 올라올 거라는 걸 누구보다 잘 알았겠지. 그래서 당신이 바로 그 이네스인 거잖아. 그래, 그렇게 잘 알았으면 그러지 말았어야지. 설령 그 같잖은 아르네 야콥센 의자를 뺏길지 몰라도, 당신이 할 수 있는 얘기 말고, 당신이 해야 하는 얘기를 했어야지.

나는 이네스의 한쪽 팔을 잡고 같이 로비로 내려가서 택시를 불러주었어. 그녀는 괜찮다며 몇 차례 손을 내저었지. 그래도 내 배웅이 싫지는 않은 눈치였어. 나는 끝까지 아무 말도 하지 않았지. 괜스레 미안하다는 말이 입안을 맴돌았지만, 기사에게 선금을 쥐여주고 차문을 힘껏 닫았어. 이네스가 풀린 눈으로 차창을 내리더군. 난 나도 몰래 그녀의 뺨에 손바닥을 가만히 가져다대었어. 순간 그녀는 내가 제 뺨을 때리려는 줄 알았는지 조금 움찔하더군. 나는 엄지로 그녀의 뺨을 쓸었어. 조금 지워지는 블러셔. 이 얼굴로 얼마나 웃었을까. 이 뺨은 웃는 일에 얼마나 저를 혹사시켰을까. 우리는 눈을 맞췄고, 이네스는 코를 한 번 들이마시더니 그렁

해진 눈으로 차창을 천천히 올렸지. 그녀는 차 안에서 잠이 들었을까. 우리의 대화를 얼마나 기억할까. 그 비몽사몽으로부터 꿈과 생시를 얼마나 정확하게 구분할까.

*

이제 나는 방으로 돌아와 소파에 앉아 정신이 맑아지기를 기다리고 있어. 분이 풀린 걸까. 아니면 그저 분풀이를 한 걸까. 내가 뭐라고 그랬을까. 너를 사랑하는 사람. 이네스가 뭐라고 그랬을까. 너를 사랑하지 않는 사람. 그렇다고 해도 그래도 되는 거였을까. 아무래도 안 되겠어. 화장실로 들어가 거울을 들여다봐. 끔뻑끔뻑. 그만 고갤 숙이지. 수반에 차가운 물을 가득 채우고 천천히 얼굴을 담가. 매끈한 수면에 코끝이 닿고 입술이 닿고 이마가 닿고 앞머리가 젖고. 뭔가 새어나가는 기분. 눈을 떠. 숨을 내쉬어. 보글보글. 이제부터 진짜 참아보는 거야. 내일은 별수없을 테니 끝까지 버텨보는 거야. 고갤 들고 다시 거울을 봐. 뚝뚝. 이곳에서 나는 나와 전혀 닮지 않았어. 지금 내가 뭘 하고 있는 거지? 밖으로 나와.

옷장 문을 죄 열어젖히고 내일 쇼에 올라갈 의상들을 하나하나 다시 살펴봐. 먼저 옷을 이루는 낱낱의 직물을 손가락으로 비벼보지. 면, 울, 모슬린, 모헤어, 캐시미어, 새틴, 벨벳, 실크, 리넨, 나일론, 폴리에스테르, 레이온, 아크릴, 그리고 몇 가지 다른 종류의 가죽과 레이스들…… 이어서 이것들을 잇대는 그 모든 솔기를 찾아 손끝으로 매만져. 재단과 마름질, 절개와 봉합의 흔적을 일일이 확인하는 거야. 그리고 가장 중요한 것들. 지퍼와 단추, 매듭의 상태를 점검해. 재차 닫고, 열고, 여미고, 풀고, 묶고, 끌러봐. 자, 마치 옷을 다 새로 지은 기분이야. 이제야 네가 했던 말들, 우리가 함께 나눴던 얘기들이 뒤죽박죽 떠올라. 예쁜 것들을 그러모아 조화롭지 못한 무언가를 만들어보겠다던, 그렇게 일을 죄 망쳐보겠다던 너. 아무도 그러지 않으니까 자기가 한번 나쁜 짓을 해보겠다던 너. 그래, 너는 말하는 대로 행동하는 사람이야. 이 모든 실루엣과 비율, 얼개를 좀 봐. 이 완연한 불균형을 말이야. 기어코 이렇게 하고 말았으니, 이제 그만 나와도 돼. 원하는 대로 다 됐잖아. 벗은 몸으로 런웨이에 쭈그려앉아 낑낑대며 발등 위로 단추를 꿰던 네 뒷모습이 떠올라. 딱 저렇게 생긴 신발이었지. 잠그는 단추의 개수에 따라 사이즈가 변하는 못생긴 신발. 저걸 신고 뛰어다닐 수나 있는지. 정말 쓸모없는, 나쁜 물건이야.

그래, 넌 나쁜 짓을 한 게 맞아. 하지만 나쁜 짓을 저질렀다고 해서 저절로 나쁜 사람이 되는 걸까. 그건 또 아닌 것 같아. 일을 망쳤다고 곧바로 실패자가 되는 건 아닌 것처럼 말야. 적어도 이 옷들은 아무것도 조롱하지 않아. 패션을 낮잡아 보지도 스타일을 치켜세우지도 않아. 이것들은 단지 하나의 가능성일 뿐이야. 과연 누가 이걸 입고 다니기나 할까. 그래도 실상 누가 알겠어. 또 모르지. 누군가의 눈에는 네가 망쳐놓은 이 옷들이 그럴싸해 보일 수도 있고, 그런 사람들은 알아서 매대 앞으로 모여들 거야. 유일한 문제는 꼴레뜨가 문을 닫았다는 거지. 이건 예상하지 못한 일이었어. 거기가 딱인데, 거기 말곤 없는데 이걸 어쩌나. 그래도 미리 걱정할 필요는 없겠지. 정 안되면 웹 사이트라도 하나 개설하면 그뿐이니까. 차라리 아예 그게 나을 수도 있겠어. 꼴레뜨의 홈페이지 도메인 계약도 곧 만료될 텐데 그전에 미리 그걸 사버리지 뭐. 어때, 내 생각이? 네게 물어볼 수 없으니 그냥 내 맘대로 해야겠어. 망해도 뭐 어때. 망쳐놓은 걸로 망하는 셈인데. 그리고 생각난 김에 확실히 하자고. 망하면 네 성공이고 잘되면 내 성공이라는 거 말야. 그러니까 우리에게 실패는 없어.

모든 옷의 밑단엔 꼬리표가 달려 있지. 저마다 그걸 입을 모델의 이름을 적어놨어. 내 맘대로 정했지. 모델들은 내일 아침 일찍 홀에 모일 거야. 우리는 관객들이 오기 전에 충분히 리허설을 할 거고, 이어 네가 무슨 생각을 했었는지 너와 어떤 이야기를 나누었었는지 세세히 이야기할 거야. 아, 그리고 피팅. 이게 제일 문제지만 어떻게든 되겠지. 옷핀 따윈 아예 준비조차 하지 않을 거야. 또 무대는 네가 꾸몄던 것과 크게 다를 바 없어. 그렇게 하기로 했지. 어쩌면 너는 다른 걸 기대했을지 모르지만, 내가 기대한 건 이거야. 네가 했던 그대로 하는 것. 가능한 한 같게 만들어놓는 것.

하지만 그래도 너와 다르게 하려는 게 하나 있긴 해. 난 네 라벨을 뒤집을 거야. 패션 위크 캘린더에는 여전히 NIMAD로 게재되어 있지만, 내일 쇼장 홀 입구에는 네 이름이 녹색 네온사인으로 반짝일 거야. 그러니까 너는 그걸 보고 그리로 오면 돼. 어때, 내가 내일 해야 할 일이 좀 많은 게 아니지? 너 때문에 이렇게 고생을 하고 있어. 널 사랑하는 탓에 이 쇼를 벌이고 있다고. 그러니까 이제 그만 오늘을 마무리해야겠어. 아까 먹으려 챙겨놨던 알약을 다시 꺼내 삼키고 침대에 누워. 지금 이네스가 빠져 있을, 그런 깊이의 잠 속으로 나를 밀어넣어.

*

'차연, 너는 내 스케치북을 받게 될 거야. 그리고 나를 떠올릴 거야. 회상할 거야. 나와의 기억을 네 기억 속에서 재생시킬 거야. 나를 다시 살려낼 거야.'

*

모닝콜이 왔어. 한참 꿈을 꿨는데도 개운한 걸 보니 약효가 있는 듯해. 부디 이네스도 그러길. 밤새 내 입에서 네 목소리가 나와서 이 말 저 말 다 해봤어. 콧소리를 내는 데 재미가 들렸는지도 몰라. 내가 네 쇼를 하려니 꿈도 그런 꿈을 꾸나봐. 부디 이러는 게 오늘이 마지막이길.

벌써부터 운반 업체 직원들이 와서 옷장에 걸린 것들을 제습 처리된 나무상자에 정성껏 옮겨 담고 있어. 이게 뭐라고 이 유난을 떨어야 하는지. 다음이 있다면, 다음에는 이러지 말자. 나는 리셉셔니스트가 미리 대기시켜둔 택시를 타고 상자가 실린 보안 차량의 뒤를 따라가. 그 꽁무니를 보는 게 왠지 불안해. 어쩐지 추격전을 벌이는 것 같아. 저게 뭐라고. 좌우로 스치는 풍경이 익숙한 게 문제지. 이 도시를 배경으로 연출된 쫓고 쫓기는 장면을 지겹도록 많이 본 탓이야. 나도 모르게 그런 것들에 너무 많이 노출됐어. 당장 저 탑차가 카루젤교의 나지막한 석조 난간을 들이받고 센강으로 뛰어들어도 제법 그럴싸할 것 같아. 아무도 놀라지 않을 것 같아. 다들 또 뭐 찍나 기웃대다 제 갈 길을 가버릴 것 같아. 벌써 루브르야.

빈 지하도를 울리는 웃음소리가 들려. 점점 명료해지는 목소리들. 차츰 대화를 알아들을 수 있을 것 같아. 모퉁이를 도는 순간, 뒤집힌 유리 피라미드가 물을 간 어항처럼 햇살을 가득 담은 채 땅 밑에 아침을 밀어넣고 있어. 마흔 명의 모델들이 한자리에 모여 도란도란 얘기를 나누고 있지. 아무도 늦지 않았어. 동창회의 풍경. 그들은, 말하자면 어폐가 있긴 하지만, 모델 출신 모델들이야. 네 친구들. 개중 누구도 너처럼 은퇴를 선언한 적은 없지만 아무도 더는 쇼에 서지 않지. 네 말대로 되었어. 안타깝게도. 물론 네 옛 동료들 중에 여전히 현역으로 활동하는 이들도 많이 있지만, 그들을 이번 쇼에 캐스팅하는 건 별로 좋은 선택 같지 않았어. 어쨌거나 이건 분명 새 옷들이 아니니까. 그리고 그들의 일은 새로운 의상을 사람들에게 처음으로 선보이는 거니까. 여긴 맞지 않는 거지, 그래. 나를 알아본 모델 몇몇이 다가와 인사를 건넸어. 네 덕분에 다시 런웨이에 서본다며 흥분된 표정을 감추지 못했지.

C는 에이전시 재계약이 불발된 후 몇 시즌 동안 온라인 쇼핑몰 화보를 찍으며 버티다가 결국 학교로 돌아갔어. 내년에 로스쿨에 들어가는 게 목표라고 하더군.

옥스퍼드와 예일에 다니던 U와 R은 각각 글로벌 스포츠웨어 브랜드의 마케터와 광고대행사 프로모터가 되었지. 둘은 서로 비슷한 뒷담화를 들었어. 모델 경력을 취업을 위한 한 줄 스펙으로 써먹었다는 건데, 뒷담화치고는 당사자들 귀에 제법 빨리 들어갔지. 속이 상하는 건 당연했겠지만 둘 다 별말을 하지는 않았어. 내겐, 그게 아니라곤 못하겠다고 입을 모으더군. 다만 그렇게 될 줄 몰랐던 것뿐이지 꼭 그래서였던 건 아니라고 덧붙였어. 그런 식으로 제 과거를 파먹으며 사는 것만큼 비참한 인생은 또 없을 거라고, 그렇게 살지 않을 거라고.

T와 A는 네가 사라진 이듬해 코펜하겐에서 혼인신고를 했고 얼마 전 딸을 입양했지. 커밍아웃이 경력에 걸림돌이 됐다는 얘기

는 최근 들은 말 중에 가장 끔찍했어. 얼마나 유야무야 일이 끊겼는지 우리 모두 이제야 알았던 거야. 특히 캐스팅 매니저라는 작자가 했다는 말이 가관이었지. 모델에게 스토리가 생기면 입힐 수 있는 옷이 없다나? 그런 변명이라니. 차라리 돌체 앤 가바나처럼 대놓고 호모포비아를 드러내던가. 영영 경멸할 수 있도록 말이지. 지금 둘은 뜨개로 만드는 아동복 브랜드 론칭을 준비하고 있어. 오늘 모자랑 장갑 몇 개를 가지고 왔는데 난리가 났지. 다들 자기 주변에 아이 키우는 지인들을 수소문하느라 말이야. 머스터드 털실이 이렇게 예쁜 줄 오늘 처음 알았어. 이 둘한테 네 옷을 입힐 생각을 하니 미안할 정도야.

I는 예상대로 내 전화를 가장 시큰둥하게 받았지. 내가 모델을 모으고 있다는 소식을 들었다면서 전화가 올 줄 알았다고 했어. 올 게 왔네요, 라면서 말야. 그래, 그녀가 너와 가장 가까운 동료 중 하나였단 걸 나 역시 잘 알았지만, 별수없이 한참을 망설여야 했지. 그녀가 그 빌어먹을 배우 같지도 않은 배우와 헤어진 후 얼마나 지독하게 가십에 시달렸었는지 누가 모르겠어. 아편에 손을 댔다는 헛소문과 함께 재활시설 앞에서 찍힌 파파라치 컷까지. 마지막 인터뷰에서 이 바닥에 다신 발붙일 일 없을 거라던 그녀에게 굳이 연락을 한 건, 그러니까 그녀의 거절을 받아내기 위해서였어. 그래야 너에게, 또 그녀에게 할말이 있을 것 같았지. 말하자면 그저 다민의 쇼에 왜 그녀가 서지 않았냐고 묻는 말에 깔끔하게

대답할 명분이 필요했던 것뿐이야. 때문에 그녀를 설득할 생각은 애초부터 별로 없었지. 하지만 막상 말을 꺼냈을 땐 그러는 시늉조차 필요하지 않았어. 그녀가 먼저 내게, 올 게 왔으니 받아들여야죠, 라고 대꾸했으니 말야. 그러면서도 복귀하려는 심산은 절대 아니라는 입장을 분명하게 못박았지. 의상 중에 나한테 맞는 게 있을지 모르겠네, 라며 은근히 제 속내를 내비쳤지만 그래도 여전히 단호했어. 나는 아무 걱정 말랬지. 네가 다 준비해뒀으니 신경 쓸 일 없다고.

끝으로, 개중 가장 들뜬 건 아이러니하게도 N이었어. 그들 중 가장 유명한, 아니 그 어느 때보다 더 주목받고 있는 그 셀러브리티가 말이지. 이제는 그야말로 유명세가 유명세를 불리는 형국이야. 그만큼 돌아다니는 헛소리도 많았지. 모르긴 몰라도 속은 어지간히 문드러져 있겠구나 싶었어. 물론 로레알 샴푸를 들고 있는 그녀를 여기저기서 마주칠 때마다 내 주제에 무슨 남 걱정이냐고 금세 신경을 끄긴 했지만 말야. 화장실 앞에서 마주친 그녀가 매니저를 물리고 말했어.

"그간 돈이 돈을 벌었던 만큼 할일은 늘 쌓여 있었지만, 이상하게도 내내 실직 상태나 다름없었던 기분이에요. 오늘에서야 내 일을 되찾은 것 같아요."

*

방금 세트가 마무리되었고 막 드라이리허설을 시작했어. 무대를 둘러보는데 런웨이 끝에 이네스가 보여. 나는 지체 없이 그녀에게 다가가고, 그녀는 대뜸 내 손을 한 번 꽉 쥐었다 놓더니, 캣워크를 왕복하는 핀 조명을 눈으로 좇으며 말해.

"마치 적진에 혼자 온 기분이네."

"와줘서 고마워요."

"여기 오 분 동안 서 있었는데, 벌써 몇 명이나 날 흘겨봤는지 모르겠어."

"그래도 반갑죠?"

"그럼. 내가 얼마나 칭찬했던 애들인데."

"그만큼 욕도 많이 했잖아요, 아닌 척 은근히 돌려서."

"그래, 아니라곤 안 할게. 그렇지만 어쩔 수 없었어. 내가 이 바닥에서 남들보다 먼저 깨달은 게 하나 있거든. 그게 뭔지 알아? 좋을수록 나쁜 얘기를 해야 한다는 거야. 그래야 오래가거든. 어쭙잖게 칭찬부터 하면 사람들은 결국엔 싫어하게 되어 있어. 안 팔린다고."

"지금 변명하는 거예요?"

"아니, 전혀. 패션은 돋보이려는 욕구에 빌어먹는 산업이야. 남들이 좋다고 하는 건 오래잖아 싫어질 수밖에 없다고. 예쁜 건 그러나저러나 제 눈에 안경이니까, 도리어 나쁜 얘기를 해야 진심으로 좋아하게 되지. 좋아하는 저만의 이유를 만들어줘야 해. 그게 아름답다고 여기도록."

"재밌네요."

"너 지금 비꼬는 거지."

"아뇨, 설마요. 왜 그런진 모르겠지만, 진짜 이상하게도 다민이도 그렇게 말했을 것 같아서요. 전에 나한테 비슷한 말을 했었던 것도 같고. 그게 재밌어서요."

"자기는 내 말 안 믿겠지만, 다민은 날 믿었어."

"믿어요. 그랬을 거 같아요. 그래도 결과는 안 좋았어요. 그쵸? 물론 걔가 당신을 믿지 않았으면 오늘 쇼도 없었겠지만요. 하지만 없었어도 상관없을 거 같아요. 아니, 솔직히 더 좋았을 거 같아요."

"그래, 나도 그래. 후회하고 있어."

"당신은 지금 후회하고 있는 게 아니에요. 반성하고 있는 거지. 당신만의 잘못이 아닌 거 알죠? 잘 왔어요. 정말 고마워요."

"아무튼 다민이나 너나 미워할 수가 없어. 똑똑한 애들은 정말이지, 얄미워. 꼭 사람을 쓸모없게 만든다니까. 무색하게. 그래, 반성문 잘 쓸게. 가, 이따 봐."

다 기억하는군. 아무튼 보통이 아니라니까. 약효가 있긴 했는지 모르겠어. 수면마취를 하고도 유체이탈을 해서 모든 걸 다 기억할 인간이라니까. 보고도 믿기지가 않네. 그래, 원래 난 뭔가 다 안다는 듯이 말하는 사람들이 미덥지 않았어. 그 단정적인 태도, 모호함을 감추는 듯 또렷한 뉘앙스가 내겐 그 여운만큼이나 의미심장한 무지의 증거로 여겨져. 왜? 나야말로 지금껏 아는 게 아무것도 없다는 걸 숨기기 위해 무진 애를 쓰며 살아왔거든. 그 정도 노력이면 뭐에 관해서건 빠삭하게 알 수도 있었겠건만 나는 그러지 못했어. 내가 그나마 깨우친 건 결국 한 가지. 모르는 걸 숨기는 법. 그것만은 제법 잘 알지. 문제는 숨기는 법을 안다는 그 사실마저 숨길 순 없단 거야. 그러니 나 같은 사람들은 기껏해야 제 무지를 드러낼 기회를 놓쳤음에 안도할 따름이지. 그래, 더할 나위 없이 명료한 언어로 불투명해질 때 나는 무언가를 조금이나마 이해했다고 오해해. 나는 뭐든 잘 아는 사람을 나 자신과 같이 불신하지. 반면 진실로 무언가 아는 이들은 아마 아무것도 모르는 양 그저 우물거리기나 할 거라 믿어. 그렇지만 안타깝게도 나는 그런 사람들을 많이 만나지 못했어. 너도 이네스도 그런 사람은 아니었지. 그러니까 너네 둘은 실로 서로를 믿었을지 몰라. 제 무지와 불신을 함께 나눌 진정한 상대를 만났다고 생각하면서 말야.

그래, 나는 샘이 나는 건지도 모르겠어. 왜 이 고생을 하고 있는 건지. 퍼뜩 어제 택시 기사에게 선금을 쥐여주길 잘했단 생각이 드네. 하여간 나는 이 정도면 만족해. 누굴 미워하고 깔보는 데 이 시간을 할애하고 싶지 않아. 이해라는 오해만이 화해를 이끈다면, 이제 나는 그녀와 아무 문제 없다고 해도 좋을 것 같아.

그렇다면 너와는? 너와 나 사이는 아무 문제 없는 걸까? 아니 그럴 리 없지. 그렇다면 내가 지금 이러고 있을 리가 없지. 너는 무슨 억하심정으로 날 네 인생에 끌어들였니? 왜, 뭣하러 네 일상을 그렇게 갖다 바쳤어. 난 지금 내 스튜디오를 몇 달째 내팽개쳐 두곤, 수선사에게 컬렉션 의상을 짓게 하고, 경멸하던 이에게 입소문을 내주길 요청하고, 파리까지 날아와 일면식도 없는 네 옛 친구들을 불러모았어. 그렇게 나는 네가 나를 사랑한다고 믿고, 그 믿음으로 이 소란을 감내하고 있지. 그래, 이게 그저 어제오늘 일은 아니잖아. 살아 있다면 어떻게 그렇게 죽은듯이 살 수 있니. 그렇지만, 알아? 너의 이 끈질긴 무소식이, 나에 대한 너의 단단한 믿음으로 여겨져 나는 내심 그 묵묵부답이 달가웠다는 걸 말이야. 설마 삼백 년 동안 사라질 순 없겠지. 맞아, 재회를 상상하는 건 그리 어렵지 않았어. 물론 이런 방식일 줄은 몰랐지만 말야. 그래, 그래서 나는 네 스케치북을 받고도 이미 다 예상했다는 듯 차분했지. 그러니까 너에 대한 내 맘은 열정 같은 게 아니야. 단지 너에게 동의하지 않았을 뿐이지. 어쩌면 나는 네게 반박하기 위해 악에 받쳐 이 모든 번잡을 견뎌내고 있는지도 몰라. 네가 애써 망쳐놓은 것들을 기어이 원상복구시키고, 실패하고자 했던 것들을 성공시키고, 나빠지고자 했던 시도들을 선의로 탈바꿈시키려는 건지도 몰라. 아무리 네가 나를 사랑한대도, 네가 아닌 내가 너처럼 살 순 없잖아.

나는 너와 같지 않아. 무엇보다 너는 나와 달리 부족함이 부족해. 결핍을 상상하지 못하지. 넌 잃는 걸 두려워할 줄 몰랐어. 그래서 다 잃었잖아. 부족할수록 만족하니까. 그렇게 네가 속한 이곳과, 주변 사람들과, 패션 자체를 놀리려 들었지. 결국 그러기 위해 사라진 거잖아. 아무도 그러지 못하니까, 넌 그럴 수 있다는 걸 보여주려고, 돋보이려고 그런 거잖아. 아냐?

하지만 너를 비난하려는 건 아냐. 너는 내게 패션에 숨겨진 의미가 있다는 환상을 심어주었어. 나는 그 환상 때문에 내내 괴로웠지만, 또 그 덕분에 이 일을 포기하지 않고 근근이 이어갈 수 있었던 것도 사실이지. 무언가 더 있을 거라는 막연한 기대의 연속. 그러니 미안해할 거 없어. 그 반짝이는 착각들이 없었더라면, 너보다 내가 먼저 사라졌을 거야. 너의 증발로 인해 내가, 그리고 다른 많은 이들이 이 무의미 속에서 더 버틸 수 있었어. 우리와 함께할 거라는 기대를 저버리고 네가 사라진 탓에, 우리는 여기 있을 수밖에 없었어. 너를 기다리며. 그래, 너는 사람들의 기대를 배반하는 식으로 충족시키지. 그게 네 방식이지.

난 지금 그 얘길 하려는 거야. 네게 기대를 품은 이상 네게 실망하는 식으로밖에 만족할 수 없다는 걸 우리도 이제 모르지 않아. 너는 무척 외롭겠지. 외로웠겠지. 밤을 남겨두는 사람들. 오랜 시간이 걸렸지만 이제 우리도 알았으니 그만 돌아와도 돼.

나는 이제 너를 사랑한다고 말할 수 있을 만큼 충분히 네가 미워. 네게 이 얘길 해야겠어. 이 화려한 곳에서 내게 유일하게 남은 환상은 이제 너뿐이야. 그러니까 저 흔들리는 녹색 커튼과 쭉 뻗은 런웨이와 그 위를 훑는 스포트라이트와 저 괴이한 옷가지들과 이 모든 걸 비추는 저 거대한 거울이 다 속임수고 노림수라면, 우릴 바라보는 그 모두를 완전히 속여야겠어. 이 연극에 그들 모두가 한 치의 의심 없이 넘어가길 노려야겠어. 네가 등장하기 알맞게끔, 그래야겠어.

*

피팅을 위해 무대 뒤에 모두 모였어. 어떻게 들릴지 모르겠는데, 이렇게 못생긴 건 정말 오랜만이라는 말을 들었지. 성공적인 반응이라 할 수 있을까. 예뻐진 것들과 그것들이 예뻐질 수밖에 없었던 이유를 생각하면 그래. 언젠가부터 예쁜 걸 만들기는 너무 쉬워졌지. 이제 진정 어려운 건 못생긴 걸 만드는 거야. 보통 고집이 아니고서야 추해지긴 좀처럼 쉽지 않아. 어느새 추한 게 너무 많이 사라졌어. 그만큼 아름다운 것도 드물어졌지. 미의 윤곽을 드러내기 위해선 도장에 음각을 새기듯 추함이 필요하니까. 그러니까 말끔한 것에 대한 오늘의 확고한 열망은 그 자체로 세계를 향한 가장 확실한 경멸이야. 그런 결벽에 빠진 자들은 다른 이들이 곧 싫어질 거야. 스스로가 미워질 거야. 세계는 산만하고 지저분해. 넌 이를 잘 알았지.

"이게 다민이 우리에게 남긴 전부예요. 그런데 왠지 모르겠네요. 나름 한 사람 한 사람에 맞춰 옷을 고르고 착장을 준비해두었는데, 막상 여러분들을 보니 이제 그런 건 하등 중요하지 않다는 생각이 드네요. 뭔가 억지스러운 것 같아요. 그래요, 이제 그런 건 그냥 기본 세팅이라고 생각하자고요. 원래부터 정해진 건 없었어요. 그러니까 이제 여러분끼리 마음대로 해보면 어떨까요. 옷을 서로 바꿔 입어도 되고 맘에 안 들면 고쳐도 상관없어요. 아직 시간은 충분해요. 정 싫으면 안 입으면 뭐 어떤가요. 난 상관없어요. 명심해요. 다민이 날 끌어들여서, 내가 여러분들을 끌어들인 거예요. 한마디로, 여긴 아무도 책임질 사람이 없다는 거죠. 난 지금 피곤해 죽겠고 어서 오늘이 지나가기만을 바랄 뿐이에요. 그러니까 최소한 저만큼은 맘대로 해도 좋을 거예요. 사고 쳐요. 어차피 이 바닥에 더 바랄 것도 없잖아요?"

내가 나가고, 이윽고 저 녹색 커튼 너머로 가위질 소리가 들려. 서로를 놀리는 가벼운 웃음이 터지고, 천을 찢는 경쾌한 파열음이 빈 홀을 울려. 어떤 가관이 펼쳐질지 걱정스러우면서도 한편으론 통쾌해. 네가 망친 데서 더 얼마나 망쳐지겠냐만, 상상 이상으로 더 망가질 수 있을지도 모르지. 그러면 너 또한 그 결과에서 자유로워지는 거 아니겠어? 잘되건 못되건 네 덕도 네 탓도 아니니 걱정 말고 이리 오기나 해. 오늘 주인공은 어쨌거나 너야. 다들 널 보러 온 거니까, 그럴 테니까. 준비는 끝났어. 난 시키는 대로 다 했으니까 이제 네 차례야. 나를 실망시키지 마. 내 사랑을 얕보지 마. 숨겨진 진실로 나를 압도하지 마.

*

조명으로 가득찬 이 지하에서 잠시 빠져나와야겠어. 안무에 맞춰 춤을 춘 듯 그저 정해진 동작을 차례로 수행한 것 같아. 답답해. 계단을 돌아 나와. 눈이 부시지는 않아. 이래도 되나 싶지. 이제 뭘 하지. 시간만 죽이면 그걸로 충분한가. 쇼는 그날 그때처럼 저녁 여덟시. 이 도시는 대체 언제쯤 어두워질까. 밤이라는 술래가 낮을 잡는 날이 과연 오긴 올지. 언제나 어딘가엔 해가 떠 있지. 마지막 일몰은 어디서 볼 수 있을까. 그런 일기예보가 가능하다면 나는 만사 제쳐두고 그리로 가겠어. 사는 동안 그런 날이 올 것만 같아. 그날 이후 우리는 과연 어떤 옷을 입게 될까. 그 마지막 겨울에 대비하기엔 이미 때가 너무 늦은 게 아닐까. 어쩌면 이제 차라리 각자의 수의를 준비해야 할 시점인지도 몰라.

반가운 허기. 나는 내가 가야 할 곳을 알지. 그곳이 그곳에서 여전하길 바라. 혼자 먹기엔 양이 많겠지만, 쌀국수와 반미 둘 다 시키겠어. 물론 주문할 때 고수를 듬뿍 뿌려달라고 말해야겠지. 녹은 아이스크림처럼 퍼진 그림자를 계단 삼아, 나무에서 또다른 나무로 길을 거슬러올라가. 줄지어 늘어선 마로니에 틈으로 간혹 새치기하듯 뽕나무가 심겨 있어, 나는 나도 몰래 유심히 그걸 찾게 돼. 밟으면 보도블록에 보랏빛 점박이 무늬를 찍는, 그 작고 까만 열매를 보고 싶어. 이 녹음이 짧게는 두 세기, 길게는 사백여 년 전에 조성됐다는 게 믿기지 않아. 오래된 생기는 아침햇살처럼 겪은 적 없는 과거를 그리워하게 하지. 그 향수. 너희는 그 숱한 전쟁을 어찌 넘겼니. 잔뿌리 끝까지 힘을 딱 주고 땅을 그러쥐었니. 어디, 여태 총탄이 박힌 자리가 있진 않니.

나는 곧장 튈르리 안으로 들어가. 팔각 연못을 한 바퀴 돌고 각지게 자른 칠엽수의 프롬나드를 구석구석 배회하다 오랑주리 미술관의 후면에 눈을 한 번 흘기고 말아. 신전을 연상시키는 네오클래식 양식의 저 웅장한 건물조차 내 눈길을 끌지 못해. 그 무엇도 집중해서 볼 마음이 동하지 않아. 거기서 무언가를 발견할 자신이 더는 없어. 이제 나도 너처럼 눈을 버린 것 같아. 깊이를 잃은 시선으로 무얼 더 봐야 한다는 게 숨막혀. 네가 왜 그렇게 늘 숨가빠했는지 비로소 알 것 같아. 모든 것이 피로해. 사방이 설익은 의미로 끓어넘치는 것 같아. 콩코르드광장의 오벨리스크를 보고도 일말의 화조차 치밀지 않는걸. 제국주의자 같은 단어는 더 이상 입에 담기에도 무람해. 저걸 언제 어디서 뽑아왔다는 얘기가 어렴풋이 떠올라도, 그게 이 길을 채운 마로니에의 원생지를 묻는 것과 뭐 그리 다른지 모르겠어. 고작 나무에는 국적이 없다는 것 정도, 그 이상 그 무엇도 보이지 않아. 차라리 모든 걸 한 번만 보고 싶어. 더이상 여기는 여기가 아닌 것 같아. 파리 컬렉션이 왜 꼭 파리에서 열려야 하는지 그 이유를 찾을 수가 없어. 왜 이래야 하는지 모르겠어. 온 도시가 저 스스로를 연기하는 것 같아. 언제까지 우리는 여기서 유행하는 옷을 입어야 하는 걸까. 그것들이 몸에 맞기를, 그리하여 절로 어울리기를 계속 바라야 하는 걸까. 지겨워. 일단 배를 채워야겠어.

나는 콩코르드교를 넘어 케도르세로를 따라 센강을 거슬러올라가. 꽤 오래전에 와본 길이지만 거리 풍경은 크게 변하지 않았고, 간혹 예상치 못한 간판이 눈에 띌 따름이라서 나는 어렵잖게 목적지를 찾아가. 어디서 길을 꺾어야 할지 모르지 않아. 그래, 아이스티부터 시켜야지. 저기, 전에 봤던 녹색 차양이 보여. 바래지 않는 것은 늘 놀랍지. 다행히 그 집이 그대로 있어. 그리고 너도.

그래, 허기에 걸음을 재촉하는데 멀찍이 유리문을 밀고 나가는 네가 보여. 넌 내 쪽을 향하지 않고 곧장 몸을 돌려 갈 길을 가지. 내게 주어진 건 네 뒷모습뿐이야. 너니, 맞니? 아닐지 몰라. 당장 나는 지금이 패션 위크라는 사실을 상기해. 오늘 이 도시에 너와 닮은 실루엣은 여기저기 너무 많아. 네가 사라진 후 너와 닮은 이들이 부쩍 늘었어. 너는 아직 지속되는 유행이고, 따라서 너를 따르거나 따르지 않는 이들 모두가 너와 어떤 식으로든 닮은 구석이 있지. 나는 식당 앞을 그냥 지나쳐. 고수 냄새가 설핏 코끝을 스쳐. 미치겠네. 네가 모퉁이를 돌고, 본격적인 추격전이 시작되지. 역시 이러기에 제격인 도시야. 아니, 이건 단지 미행에 불과한가. 나는 너의 뒤를 따라가고만 싶어. 잰걸음으로 너와 발을 맞추고 싶지 않아. 네가 정녕 너인지 선뜻 확인하고 싶지 않아.

이제 너는 직선으로 뻗은 위니베르시테가를 보란듯이 걸어가. 너를 돌아보는 사람들이 보여. 런웨이가 따로 없지. 그래서 나는 더욱 네가 너인 것만 같아. 적당한 거리를 유지해. 하지만 너를 횡단보도 너머로 잃고 싶지는 않아. 신호가 바뀌면 네가 뒤를 돌아볼까? 그러면 그로써 오늘이 끝날까. 남은 하루의 계획이 모두 수포로 돌아갈까. 문득 내가 빈속으로 이 하루를 넘길 수는 없을 거라는 생각이 들지. 이 와중에 언제 어디서 뭘 먹을지 고민하는 내가 놀라워.

걸음걸이만으로 너를 너끈히 알아봐야 할 것 같은데 그럴 수가 없어. 뒷모습이라서 그런 걸까. 모르겠어. 너는 생넥테르 저택 앞에 잠시 서서 건물의 전면을 흘깃 훑어보더니 이내 가던 길을 가. 에디 슬리먼이 삼 년여에 걸쳐 이브 생로랑의 쿠튀르 하우스로 개조한, 루이 14세 시대의 거대한 장신구. 그 높다란 남회색 아치형 입구 양편으로 큼지막한 YSL 로고가 과시적인 귀걸이처럼 거리를 치장해. 이 문은 내게 열리지 않을 것이고, 따라서 나는 저 너머 중정에서 무슨 일이 펼쳐지고 있는지 알 수 없어. 너는 그들의 초대를 받은 적이 있니. 이브 생로랑이나 에디 슬리먼이 네 옷매무

새를 고쳐준 적은 없었지. 너는 그 둘의 중간, 스테파노 필라티의 쇼에 몇 번 올랐을 뿐이야. 그건 어떤 과도기였을까. 우리는 정확히 바로 그 애매한 시기에 이 세계에 입장했던 걸까. 그래서 늘 모든 것이 조금씩 어색하고, 언제나 왠지 어설펐던 걸까.

나는 네가 입은 플레어스커트의 밑단을 봐. 올이 조금 풀린 건지 아니면 원래 그런 디자인인지 알아볼 수 없어. 다만 몇 가닥의 실오라기가 바닥에 쓸리는 게 눈에 밟혀. 네게 말해주고 싶어. 이내 블록이 끝나고 너는 왼편 골목으로 몸을 틀어. 그렇게 결국 내 마음이 주저앉아. 그래, 이대로 가면 카루젤교가 나오겠지. 그걸 건너면 머지않아 쇼장으로 내려가는 계단이 나올 거야. 내가 한 시간 전쯤 올라온 바로 그 석조 계단 말이야. 지금 네 친구들이 모여, 네 옷을 수선하는 그 무대의 입구가 바로 거기야. 너는 정말 너인 걸까. 나는 급해진 마음과 달리 걸음이 둔해져 가까스로 모퉁이를 돌지. 네가 보이지 않아.

*

나는 방금 돌아 나온 모퉁이의 양편으로 재차 고개를 저어봐. 헛것을 봤나 싶어. 방금 내가 무슨 짓을 한 거지? 왜 당장 너를 따라잡아 네가 너인 것을 확인하지 않았지? 어떻게 널 놓칠 수가 있지? 나 스스로에게 너무 화가 나. 내가 너무 바보 같아. 바보가 되려고 바보짓을 반복하는 것 같아. 대체 나는 어디서 빰을 맞았길래 여기서 이리 성을 내고 있는 거지? 나는 네가 너인 것을 혹은 네가 아닌 것을 확인하기 두려웠던 걸까. 아니면 실은 너를 놓치고 싶었던 건지도 모르지. 왜 이렇게 살고 있는지. 오늘 잠들면 꿈에서는 죽어야겠어. 그럼 부활은 약속된 것. 내일 아침에는 죽을 고비를 넘겼다고 할 수 있을까. 죽다 살아났다고 하는 게 맞을까.

나는 어느새 카루젤교의 난간에 몸을 기대고 그 아래로 흐르는 강물을 바라보고 있어. 날이 느긋하게 사위어가. 그냥 쌀국수나 먹을 걸, 반미나 베어 물 걸 그랬어. 다들 나를 기다리고 있을까. 나는 길바닥에 소지품을 떨어뜨린 양 주변을 두리번거리며, 걸음걸음 흔들리는 플레어스커트를 찾아. 누군가 실수로 밑단에 풀어진 올을 밟기를 바라. 그럼 네가 잠시 멈춰 설지 모르니까. 내게 찾아온 우연을 멀뚱히 흘려보내고, 다른 누군가의 또다른 우연을 기대하는 꼴이라니. 나 자신이 꼴사납지. 정말 별꼴이야.

저멀리 강 건너편으로 시선을 옮겨. 각설탕 같은 유리 피라미드 주변으로 사람들이 모이고 있어. 곧 나도 그들의 뒤를 따르겠지. 난 대체 무엇에 꾀인 걸까. 그 무리 속에 네가 있는지 미간을 찌푸리고 살펴봐. 허튼짓이지. 좀처럼 이 다리를 건널 수가 없어. 돌아가는 건 왜 늘 떠나는 것보다 어려운 걸까. 떠날 땐 왜 그럴 걸 예상하지 못하는 걸까.

나는 휴대폰을 보고 시간을 확인해. 문득 가지 말까 하는 생각이

들지. 내가 없어도 아무 문제 없을 것 같아. 아니 어쩌면 그게 더 그럴싸할지 모르지. 네 친구들은 잠시 당황했다가도, 이내 이 또한 네 계획의 일부라고 여길 것 같아. 든 자리는 몰라도 난 자리는 알기에, 그렇게 나는 잊히는 방식으로 기억될 거야. 사라질 거야.

문득 고개를 돌리니 유람선의 갑판 위로 나를 향해 손짓하는 사람들이 보여. 즐거운 사람들. 그들에게 응당 손을 흔들어 응답해야 할 것 같아. 나도 모르게 가운뎃손가락을 들어 보이려다 말지. 그리고 이 비참한 기분을 지우려 유리창을 닦듯 세차게 손을 흔들어.

반듯한 난간 아래로 빈손을 떨구며 나는 처음으로 어쩌면 네가 죽었을지도 모른다고 가정해. 아까 내가 본 건 네가 아니라고 확신해. 그리고 네가 사라진 나날 동안 상상했던 그 모든 시나리오들보다 이게 더 그럴싸하다는 걸 깨닫지. 나는 얼마나 많은 사실들과 뚜렷한 정황들을 외면해온 걸까. 오늘의 쇼가 네 계획의 완성이란 생각은 그저 내 착각에 불과했던 것 같아. 네 계획은 이게 아니라 그날 두 개의 더플백과 함께 영영 사라지는 것, 네 몸에 그것들을 매달고 마르지 않는 강바닥으로 영영 가라앉는 게 아니었을까.

문득 나도 모르게 웃음이 나와. 누가 나를 웃긴 거지? 알아. 나 말고 또 누가 나를 웃기겠어. 그래, 나는 내가 제일 우스워. 이토록 많은 일을 벌이고도 무엇 하나 확신할 수 없다는 게 우스꽝스러워. 얼마나 오래 여기 서 있었지? 이제 그만 이 다리를 벗어나야지. 쓸데없는 소동을 일으킬 게 아니라면 어서 저리로 건너가야겠어. 아직 나를 기다리는 땅 밑으로 말이야. 시간이 임박했어. 어쩌면 조금 늦을지도 몰라. 부디 나를 기다려줘. 이만 생각을 멈추고 달려갈게. 회상을 가장한 독백은 이제 그만두고 싶어. 혼잣말은 지겨워.

*

나는 스케일을 연습하는 피아니스트처럼 빠르고 경쾌하게 계단을 밟아 내려간다. 수런거리는 사람들의 목소리가 들린다. 간혹 그 소리에 네 이름이 섞여 있는 듯하다. 부재중전화가 와 있지 않은 게 이상하게도 그리 놀랍지 않다. 모두가 네 계획을 단단히 믿고 있거나 혹은 모든 준비가 완벽한 듯싶다. 나는 그저 시간이나 확인할 따름이다. 저녁 여덟시 오분. 아주 늦진 않았다. 나는 형광으로 빛나는 네 이름 아래로 걸어들어간다. 계절에 맞는 옷차림보다 조금 더 가벼운 복장의 사람들이 홀에 가득하다. 셀린느, 셀린느, 자라, 드리스 반 노튼, 요지 야마모토, 준지, 펜디, 아크네, 톰 브라운, 에르메스, 에르메스. 실내등의 불빛이 유리 피라미드에 난반사하면서, 사람들의 표정은 실제보다 한결 더 밝아 보인다. 나는 그들 틈에 별스럽지 않게 섞인다. 간간이 눈인사를 주고받기도 하지만 딱히 누굴 붙잡고 이야기를 나누거나 누군가에게 붙잡

히지는 않는다.

몇몇 사람들이 유독 눈에 띈다. 먼저 내게 우드 우드의 쇼 티켓을 건넸던 그녀와, 어느새 초등학생이 된 그녀의 딸, 그리고 그 아이의 손을 잡고 있는 아이의 이모가 눈에 들어온다. 그들은 나를 전혀 알아보지 못한다. 그녀가 내게 베푼 호의가 오늘을 만들었다는 걸 조금도 의식하지 못하는 듯싶다.

다음으로 그날 다민이 뒤따랐던 군악대원 중 몇몇을 알아본다. 함께 대마를 말아 피웠던 이들이다. 특히 너로 하여금 폐기물 컨테이너 속에서 멀쩡한 빵을 낚아올리게 했던 호른 주자의 여전히 개구진 얼굴이 반갑다. 그가 아니었더라면 내가 코펜하겐의 어느 해변 끝자락에서 토하는 일은 없었을 것이고, 그리하여 내가 너를 처음으로 소리 내어 웃게 하는 일 또한 없었을 것이다. 그런 일이 없었다면 우리는 다음날 다시 만났을까. 알 수 없다. 영영 모를 일이다. 다만 나는 우리가 다시 만났을 것이라고 생각하고 싶다.

그날 네가 눈을 감은 채 골목을 질주했을 때, 그 모습에 입을 벌리고 경탄했던 많은 사람들이 보인다. 머리에 새똥을 맞았던 한 바이어와 눈이 마주친다. 그는 무슨 미신에 빠졌는지 이제껏 네가 입었던 옷이라면 브랜드를 따지지 않고 모두 빠짐없이 제가 관리하는 전 세계 편집 숍에 입고시켰다. 그가 내게 윙크를 한다. 어쩐지 초조해 보인다. 그는 눈썹을 연신 긁으며 여전히 텅 빈 무대 위를 주시한다. 나는 너의 옛 애인과, 그와 손잡은 그의 새 애인을 외면

한다. 그는 네가 꽂아두었던 책갈피를 어찌했을까. 그런 건 이제 별로 중요하지 않다. 나는 생각을 바꿔 그에게 눈인사를 건네려 고개를 돌리지만 그는 이미 내게서 시선을 거두었다. 코안경과 콧수염이 다가와 악수를 건넨다. 누구의 손을 먼저 잡아야 할지 몰라 양손을 동시에 내민다. 이런 나를 보고 둘은 유쾌하게 웃는다.

이들 중 그 누구도 내 초대를 받은 이는 없다. 초대한 이가 없으니 기실 초대받지 않은 이도 없다. 나는 다시 시간을 확인한다. 여덟시 이십분. 조금씩 술렁이는 분위기가 느껴진다. 나 역시 이상하다고 생각한다. 왜 시작하지 않지? 나 없이도 괜찮다면 막을 올려도 될 텐데 왜 그러지 않지. 누구의 신호를 기다리고 있는 거지. 혹 여전히 나를 기다리고 있는 걸까. 나는 다급히 몸을 돌려 무대 뒤쪽으로 빠르게 걸어간다. 그때 누군가 내 팔을 잡는다. 이네스가 걱정스러운 표정으로 나를 보고 있다.

"차연, 괜찮아? 무슨 문제가 있는 건 아니지? 아무 걱정 말고, 천천히 해도 돼."

나는 말없이 씩 웃어 보이고 다시 몸을 돌린다. 일순 홀 안의 모든 조명이 꺼지고 날카로운 하울링이 무대 위의 빈 공간을 찢어놓는다. 마이크를 켠 게 누구지? 녹색 커튼에 스포트라이트가 맺힌다. 거울이 빛난다. 그리고 네 목소리가 들린다. '그래, 지금이야.' 나는 화음을 맞추듯 네 말을 따라 한다.

나의 피부는 하양도 검정도 노랑도 아닌 투명이며 나의 머리색은 검정도 노랑도 빨강도 아닌 초록. 나는 그 누구도 아닌 유행 그 자체, 허공을 떠다니는 녹색 커튼.

암전과 정적. 잠시 아무 일도 일어나지 않는다. 나는 백스테이지로 올라간다. 장막 뒤에 오늘의 모델들이 예상치 못한 모습으로 정연하게 줄을 서 있다. 아니, 예상을 벗어날 줄 알았으니 차라리 예상대로라고 할 수 있을지 모른다.

나는 그들 중 맨 앞에 선 이를 바라본다. 눈을 감은 그이가 입꼬리를 양옆으로 한껏 끌어올린다. 내가 저를 노려보는 시선을 느낀게 분명하다. 나는 곧장 줄의 맨 끝으로 달려가서 지퍼를 내리고 단추를 끄르고 매듭을 푼다. 이들과 같아진다. 너와 함께한다. 이윽고 너는 장막 틈새로 손을 뻗어 쥐고 있던 것을 바닥에 던지고, 곧장 몸을 돌려 내게로 걸어온다. 모두가 차례로 너를 따라 한다. 툭툭. 나 또한 마찬가지다. 그렇게 그 모든 것들이 한데 쌓이고 엉키고 뒤섞인다.

나는 비스듬히 고갤 들어 다시 너를 노려본다. 우리의 열은 방향이 달라졌을 뿐 방금 전과 조금도 다르지 않다. 살랑이는 커튼이 내 등을 쓸어내린다. 오래지 않아 누군가 런웨이로 기어올라오는 소리가 들리고, 나는 그가 어떤 색깔의 양말을 신고 있을지 알 것 같다. 머뭇거리는 발소리가 조금씩 늘어난다. 하지만 아무도 커튼 속을 들춰보진 않는다. 관심이 없는 걸까, 겁이 나는 걸까. 뭘까, 왜일까?

그 소란을 뒤로한 채 너는 행진을 시작하고, 우리는 끝내 다시 한자리에 모인다. 입장 없는 퇴장. 모두 약속이나 한 듯 아무 말이 없다. 할말이 없다. 차분히 너의 다음을 기다릴 따름이다. 너는 주위를 한 번 둘러본 뒤 캐비닛을 열어 끝자락이 모지라진 플레어스커트를 능숙하게 꿰입는다. 그렇게 다들 자기 옷을 찾아 입는다. 오로지 나만 그러지 못한다. 내게는 주어진 의상이 없다. 이내 모두가 복장을 갖추고, 오늘 아침과 다를 바 없는 엷은 미소로 서로들 소곤거린다. 여기 달라진 건 너와 나뿐이다. 그러니 우리 모두는 이다음 순서를 알고 있다. 이제 너는 내게 다가와 홀로 벗은 나를 외투처럼 감싸안을 것이다. 나는 눈을 감는다. 너의 시선을 느낀다.

작가의 말

나는 이 소설의 대부분을 지난해 여름에 썼다. 더 정확히는 2020년 7월부터 8월에 걸쳐 네덜란드와 한국에서 연달아 자가 격리를 하는 중에 초고를 완성했다. 반은 거기서, 나머지 반은 여기서 쓴 것이다. 그러니까 이 이야기는 계절과 분리된 생활에서 쓰인 셈이다. 작금의 팬데믹은 암스테르담에서의 유학 생활을 중지시켰고, 나는 그곳에 애써 꾸린 공간을 헐면서 이 이야기를 짓기 시작했다. 그런 아이러니가, 무너지는 가운데 세워지는, 어떤 자연의 풍경을 연상시켰던 것도 같다. 당시 내게 청명한 하늘이나 짙은 녹음 같은 친밀한 풍경은, 정말이지 창틀로 표구한 그림이나 다를 바 없었다. 그래도 창밖이 그런 경치로 채워져 있었던 것은 분명 큰 행운이다. 하지만 어쩌면 그래서 더 속이 상했었는지도 모르겠다. 어릴 적 쇼윈도 앞에서 느꼈던 기분이 자주 되올라왔다.

하여간 집을 비우는 건 아무 보람도 없는 일이다. 버릴 것과 챙길 것을 분류하고, 다시 팔 수 있는 것과 주변에 나눌 것을 골라내는 작업. 하지만 어떤 기준으로 어떤 선택을 하든 기본적으로 다 손해였다. 모든 집기는 그 부피와 무게에 비례하는 유무형의 비용을 청구했다. 더군다나 가만 놔두었으면 어련히 제 쓸모를 유지했을 물건들을 예외 없이 제자리에서 일일이 끄집어내는 게 어쩐지 몹쓸 짓처럼 여겨지기도 했다. 그러니까 부러 쓰레기를 만들어내고 있는 것 같았다. 하지만 내가 그곳에 남길 수 있는 건 애초에 무엇 하나 없었다. 임대 계약서는 내게 지난 일상의 흔적을 꼼꼼히 빠짐없이 지울 것을 주문하고 있었다. 결국 나는 며칠에 걸쳐 온 집안을 속속들이 어지럽혔고, 그 끝에 가재도구와 책, 온갖 잡동사니와 옷가지로 가득찬 소포 열 상자가 방 한편에 빼곡히 쌓였다. 나는 맞은편 벽에 멀찍이 기대서서 그 더미를 한참 동안 바라보았다. 얼마나 많은 이들이 지금 이 번잡을 견뎌내고 있을까.

마침내 가만히 식탁에 앉았다. 가구에 맞는 박스는 없었고, 그건 다음날 아침 이 아파트 어딘가에 사는 어떤 이가 가져갈 예정이었다. 책장과 선반, 침대와 옷장은 이미 그렇게 끌려나간 뒤였다. 그 새 주인들을 이웃이라고 불러도 될까. 화창한 날씨와 달리

머릿속은 우중충했고, 나른한 기분이 좀체 가시지 않았다. 무얼 먹고, 마시고, 피워봐도 별 소용이 없었다. 화가 나는 것도 같고 그저 우울한 것 같기도 했다. 밖에는 전염병이 돌고, 나는 텅 빈 방안에서 그렇게 더 안으로 들어가 가벼운 멜랑콜리에 옮아가고 있었다. 내가 앞으로 해야 할 일들이 너무나도 명백해 보였고, 그럴수록 막연함에 기대왔던 지난 시간들이 환영처럼 눈앞에 가물거렸다. 훠이. 창문을 한껏 열어젖혔다. 이파리 하나가 허공을 맴돌았다. 막 소설을 쓸 참이었다.

이 이야기의 씨앗은 십여 년 전 문화비평지 『나불나불』에 기고한 몇 편의 에세이에 심겨 있었다. 당시 부족한 글에 지면을 내준 친우들에게 고마움을 전한다. 또한 제멋대로 뻗친 소설의 가지를 알맞은 생김으로 정성껏 다듬어준 문학동네 이상술 팀장님과 정민교 편집자님께 감사드린다. 덕분에 한 철을 넘겼다.

각 장에 쓰인 제사 중 알렉산더 맥퀸, 조디 키드의 말은 다큐멘터리 영화 〈맥퀸〉(2018)에서, 드리스 반 노튼의 말은 영화 〈드리스 컬렉션〉(2017)에서 따왔다. 제라르 드 네르발의 문장은 『실비/오렐리아』(문학과지성사, 2020)에서 빌려왔다. 널리 알려진 이브 생로랑의 말을 처음 본 건 2010년 피에르 베르주-이브 생로랑 재단에서 발행한 소책자에서였다. 긴긴 실내 생활 동안 이 빛나는 말들로부터나마 볕을 쬐지 못했더라면, 나는 아마 이 이야기를 짓는 데 금세 시들해졌을 것이다.

이 신산한 시절에 우리라는 깊은 정원을 가꿔준 사랑하는 은비와 이서의 손에 이 작은 책을 건넨다.

문학동네 장편소설
녹색 커튼으로

초판 인쇄 2021년 7월 9일
초판 발행 2021년 7월 22일

지은이 강희영
책임편집 정민교 | 편집 오윤 이상술
디자인 강혜림 최미영 | 마케팅 정민호 이숙재 우상욱 정경주
홍보 김희숙 함유지 김현지 이소정 이미희 박지원
제작 강신은 김동욱 임현식 | 제작처 상지사

펴낸곳 (주)문학동네 | 펴낸이 염현숙
출판등록 1993년 10월 22일 제406-2003-000045호
주소 10881 경기도 파주시 회동길 210
전자우편 editor@munhak.com | 대표전화 031) 955-8888 | 팩스 031) 955-8855
문의전화 031) 955-3578(마케팅) 031) 955-2653(편집)
문학동네카페 http://cafe.naver.com/mhdn | 트위터 @munhakdongne
북클럽문학동네 http://bookclubmunhak.com

ISBN 978-89-546-8123-0 03810

www.munhak.com